우주에서 온 소녀의

21세기

암
행
어
사

7

우주에서 온 21세기 암행어사 ❼

발행일	2023년 1월 20일

지은이　김으겸
펴낸이　손형국
펴낸곳　(주)북랩
편집인　선일영　　　　　　　　　　　편집　정두철, 배진용, 김현아, 윤용민, 김가람, 김부경
디자인　이현수, 김민하, 김영주, 안유경　제작　박기성, 황동현, 구성우, 권태련
마케팅　김회란, 박진관
출판등록　2004. 12. 1(제2012-000051호)
주소　서울특별시 금천구 가산디지털 1로 168, 우림라이온스밸리 B동 B113~114호, C동 B101호
홈페이지　www.book.co.kr
전화번호　(02)2026-5777　　　　　　팩스　(02)3159-9637

ISBN　979-11-6836-684-8 04810 (종이책)　　979-11-6836-659-6 04810 (세트)
　　　979-11-6836-685-5 05810 (전자책)

(주)북랩 성공출판의 파트너

북랩 홈페이지와 패밀리 사이트에서 다양한 출판 솔루션을 만나 보세요!

홈페이지 book.co.kr　　•　**블로그** blog.naver.com/essaybook　　•　**출판문의** book@book.co.kr

---

작가 연락처 문의 ▶ ask.book.co.kr

작가 연락처는 개인정보이므로 북랩에서 알려드릴 수 없습니다.

김으겸
판타지
장편 소설

악
마
의
출
현

우주에서 온 소녀의
21세기
암
행
어
사
⑦

북랩

목차

“

로봇에만 의존하다가 인간들은 너무 게을러져서
스스로 일을 하기 시작했어.
음식과 빨래, 집안 청소들은 스스로 하며
게으름을 벗어났지.

”

제14장

영미의 죽음

잠실.

고층 아파트.

한강이 훤히 내려다보이는 26층.

긴 탁자를 가운데 두고 양쪽으로 길게 등나무 소파가 놓여 있었다.

소파 위에는 모두 7명의 남녀가 앉아 있었다.

선녀, 준석, 그리고 놀랍게도 심우석이 같이 앉아 있었다.

심우석은 바로 무덤 속에서 나온 두 소녀를 병원으로 싣고 가서 치료를 해 준 그 청년이었다.

그런 그가 왜.

선녀와 준석과 함께 나란히 앉아 있을까.

그 옆에는 정아가 앉아 있었다.

그 맞은편엔 나이가 많은 남자가 3명 앉아 있었는데

심우석의 아버지 병원장 심정균이 앉아있고 그 옆에 박영길과 최태원이 앉아 있었다.

박영길과 최태원은 심우석이 운영하는 병원의 의사들이었다.

"놈들 종적을 찾을 수 없다고?"

먼저 입을 연 것은 놀랍게도 심우석의 아버지 심정균이었다.

"네! 전혀 찾을 수 없습니다!"

정아가 대답했다.

"그 아이에게 특수한 향을 심어놔서 어디를 가든 찾을 수 있는데…… 못 찾는다는 것은 그들이 그 아이 정체를 알고 향기를 지웠다는 이야기가 된다! 그 아이 기억상실을 하도록 약물 주사를 놓은 늙은이 때문에 우리들 계획이 늦어지고 있는 것도 화가 나는데 이젠 놈들 행방까지 놓쳤다? 으으……."

심정균이 화가 잔뜩 난 얼굴로 여러 사람을 훑어보았다.

등나무 소파에 앉은 사람들은 심정균의 눈초리를 제대로 보지 못하고 고개를 숙였다.

여름철이라서 다들 반팔을 입고 있는데

심정균만 유독 하얀 긴 팔을 입고 있었다.

"이 미개한 지구를 정복하는 데 무려 100년이나 허비하고도 아직도 결실을 맺지 못하다니. 우주선 하나 만들 광석이 없는 지구에서 오로지 태자가 타고 온 우주선을 뺏어야 아내와 천국성에 돌아가 정복해야 하는데 뭐? 태자가 타고 온 우주선도 없다고? 그럼 태자도 지구에 버려졌다는 이야기잖아!"

심정균이 투덜거렸다.

"현재 지구상엔 우주선이라고는 하나도 없는 것으로 조사 결과 나타났고요. 지구 대기권 밖에 우주선 하나가 움직이고 있는데 지능을 갖춘 최신형 우주선으로 판단됩니다!"

심우석이 말했다.

"그걸 뺏을 방법은?"

박영길이 심우석에게 물었다.

"현재 우리들 기술로는 없습니다!"

심우석이 말했다.

"그렇다면……! 그 우주선이 누군가 태우려고 지구로 들어올 때 뺏어야 한다는 이야긴데!"

심정균이 말했다.

"그것도 불가능합니다! 조사한 바에 의하면 속도가 너무 빨라서 레이더로 추적이 불가능합니다. 추적을 했다 하더라도 지구에 도착한 후 20분은 지나야 위치를 알 수 있을 정도입니다! 그러므로 놈들이 20분 이내에 탑승을 하고 출발하면 그만입니다!"

심우석이 말했다.

"그렇다면! 오로지 한 가지…… 놈들을 따라다니는 그 아이가 돌아와야 가능하단 이야기다."

심정균이 말했다.

"한 가지 질문을 해도 될까요?"

정아가 심정균을 바라보며 물었다.

"해봐라!"

심정균이 말했다.

"계속 그 아이 그 아이 하시는데, 그 기억 상실됐다는 그 여자가 그렇게 대단한가요?"

정아가 궁금한 것은 바로 그것이었다.

비록 자신들이 강철과 자율선을 잡으려고 했기에 방심을 했지만 쉽게 소연 노파를 데리고 자신들 시야에서 사라진 강희가 대단한 것은 알았지만 계속 그 아이 그 아이 하면서 아쉬워하는 말을 들으니 궁금했던 것이나.

강희의 능력이란 것이.

"하하…… 그렇다! 내가 100년의 노력 끝에 완성한…… 그 마지막 순간에 미친 늙은이가 독약을 투여하지만 않았어도 지금쯤 지구는 나의 손에 들어왔을 것이다."

심정균이 허탈하게 웃었다.

"아무리……! 그 어린아이가?"

정아는 믿을 수 없다는 투로 말했다.

"허허…… 어린아이라! 지금 어린아이라 했느냐?"

심정균이 말했다.

정아는 의아한 표정으로 심정균을 바라보았다.

"그 아이는 내가 50년 전에 언니와 동생의 몸을 하나로 만들면서 50년 동안 연구하고 시술하면서 만들어낸 걸작이니라. 그러니 이미 나이가 70은 됐다는 이야기다."

심정균이 말했다.

"네에? 70세나 됐다고요?"

정아가 믿을 수 없다는 투로 물었다.

"그렇다! 50년 동안 공들여 거의 완성된 그 아이 몸에 미친 늙은이가 독약을 투여했고 우린 다시 6개월을 고생하며 그 약물을 제거했지만, 어느 날 갑자기 그 아이는 사라졌다. 기억을 잃은 상태에서."

심정균이 말했다.

"미친 늙은이라면 누굴 말씀하시는지?"

정아가 궁금증을 참지 못하고 또 물었다.

"녀석 궁금한 것도 많다! 그 늙은이는 이미 죽었지만, 나와 같이 천국성에서 100년 전에 내려온 동료였다. 지구로 내려오는 도중 속도의 압력을 이기지 못하고 뇌를 다쳐서 정신이상이 생겼기에 내가 보살펴주고 있었다. 하지만 그가 죽은 후 나는 알았다. 그는 미친것이 아니었다는 것을."

심정균이 말했다.

"네에? 그럼?"

정아가 다시 물었다.

"그는 미친 척하며 내 옆에서 기회를 보고 있었던 것이다. 바로 내 50년 공든 탑을 무너뜨릴 기회를."

심정균이 허탈한 미소를 지었다.

"기회라면?"

정아가 다시 물었다.

"바로 그 아이 기억을 잃게 약물을 투여한 것이다. 내가 지구를 정복하려는 것을 지연시킨 것이야!"

심정균이 말했다.

"그 이유는 아직 알아내지 못했단다!"

이번엔 박영길이 정아를 바라보며 말했다.

"단지 천국성에서 나를 이곳에 유배시킨 자가 마지막까지 그에게 그런 임무를 줬다는 것만 생각할 뿐…… 그가 누군지는 알지 못한다!"

심정균이 말을 마치고 찻잔을 들어 입으로 가져갔다.

그런데.

그의 옷소매가 조금 내려오면서 그의 팔뚝에 흉터가 보였다.

×자 형태의 흉터.

그렇다면 그가 영미가 찾는 생사인의 제자(야두리혁) 심정균인가.

모를 일이나.

"이모! 벽화이도에게 가더니 뭘 그렇게 들고 와?"

12   우주에서 온 소녀의 21세기 암행어사 ❼

자하경은이 영미가 종이 상자를 들고 들어오자 물었다.

"킥킥…… 뭐 사랑의 선물이라나. 벽화이도 이 녀석이 이젠 능글맞기까지 하단 말이야!"

영미가 상자를 아무렇게나 룸 구석에 내려놓고 생글생글 웃으며 말했다.

"헤헤…… 벽화이도가 이모한테 구애를 한 모양이네! 받아주지 그랬어? 벽화이도 괜찮은데!"

자하경은이 장난기 있는 얼굴로 빙긋이 웃었다.

"소연 언니는?"

영미가 소연 노파가 아직 돌아오지 않았느냐고 묻는 것이다.

"아직 안 오셨어!"

자하경은이 말했다.

"그럼 강희. 아니, 정림이는?"

영미가 물었다.

"강희 이름이 정림이야?"

자하경은이 되물었다.

"응!"

영미가 대답했다.

"조금 전에 옥상에서 내려와서 방으로 들어가서 꼼짝도 안 해!"

자하경은이 말했다.

"그래!"

영미가 심정림이 들어갔다는 방으로 가면서 말했다.

방문을 잠그지는 않았기에 영미가 열고 안으로 들어갔다.

심정림은 방구석에 쪼그리고 앉아서 보라색 나비 초이랑 놀고 있었다.

초이는 말도 하고 심정림의 마음까지도 읽고 있었다.

총명한 인공 곤충이었다.

"배고프지? 밥 먹자!"

영미가 심정림에게 말했다.

"나, 나이…… 68살. 이제 생각났어. 초이가 생각나게 해줬어!"

심정림이 혼자 말처럼 중얼거렸다.

멍하니 영미를 바라보는 심정림의 눈은 마치 어린아이처럼 맑고 순수해 보였다.

"내가 초이를 정림에게 잘 줬군!"

영미는 심정림의 눈동자를 보며 그렇게 생각했다.

"밥 먹고 놀자!"

영미가 말했다.

"아, 알았어! 어, 언니!"

심정림은 영미를 따라 방을 나왔다.

"이모! 저게 무슨 말이야? 68살이라니?"

자하경은이 영미에게 속삭이듯 작은 소리로 물었다.

"아마도 실제 나이가 그렇게 됐다는 이야기 같아!"

영미가 자하경은만 들을 수 있는 소리로 말했다.

"그럴 리가? 이제 20도 안 됐겠는데!"

자하경은이 말했다.

"누군가 그렇게 만든 것 같아. 아마도. 정림이는 인조인간에 가까운, 아니 인조인간도 최신 기술로 만든 것 같아!"

영미가 자하경은만 들을 수 있는 소리로 말했다.

자하경은이 놀란 눈으로 영미를 바라보았다.

"아무한테도 말하지 마! 정림이는 자기 의도와는 상관없이 누군가 인공적으로 만든 사람이야! 아마도 생사인의 제자 정도가 아닐까 생각해. 저런 새로운 기술로 살아있는 인간을 만들 수 있는 것은 오로지 그자뿐이니깐! 그래서 초이를 그에게 준 것이야. 초이가 그의 친구가 돼서 착한 마을을 갖게 하려고. 그러니 모른 체 하도록 해! 초이가 같이 있는 이상 나쁜 짓은 안 할 거야!"

영미가 자하경은만 들을 수 있는 소리로 말했다.

"어째서? 초이가?"

자하경은이 영미에게 물었다.

"초이는 내 명을 듣도록 만들어진 인공 곤충이잖아! 내가 초이에게 정림이 친구가 되고 그에게 착한 마음을 심어주라고 지시를 내렸거든!"

영미가 자하경은에게만 들리는 소리로 말하며 생글생글 웃었다.

자하경은이 이제야 알겠다는 눈치다.

"얼른 밥이나 챙겨줘!"

영미가 말했다.

"아, 알았어!"

자하경은이 서둘러 주방으로 향했다.

소파에 앉은 심정림은 손바닥위에 초이를 올려놓고 아직도 둘이 재미난 대화를 하고 있었다.

심정림과 초이 대화는 다른 사람은 들을 수 없는 것이었다.

둘 다 마음으로 대화를 나누기 때문이다.

우르르릉.

쾅……:

천둥 번개가 요란스럽게 치며 굵은 소나기가 쉬지 않고 내리고 있었다.

난지도.

한강 하류에 생긴 쓰레기 매립지 땅.

이젠 넓은 체육공원으로 되어있었으나 비가 많이 내리는 날씨 탓에 사람이 없었다.

영미 혼자서 비를 맞으며 난지도 체육공원 한쪽에 서 있었다.

그러나,

빗방울은 영미를 젖게 하지는 못했다.

영미 몸 1자 근처에서 물방울은 튕겨 나가고 있었다.

반짝.

번갯불 같은 빛이 보이는가 싶더니 난지도 체육공원에 영미의 전용 우주선이 내려왔다.

아무런 소음도 없이.

영미는 재빠르게 우주선을 탔다.

우주선은 난지도에 내린 지 10초도 안 돼서 우주로 날아갔다.

잠실.

고층 아파트.

작은 방에서 컴퓨터를 들여다보던 심우석.

"힉! 지구 내기뤈 밖에서 뜰넌 우주선이 난시노에 내렸다가 10조 만에 다시 우주로 날아갔네요!"

심우석이 큰 소리로 말했다.

"뭐라고?"

심우석의 아버지 심정균이 거실에서 놀라 물었다.

"방금 추적을 했는데…… 이미 20분 전 일입니다!"

심우석이 말했다.

"그렇다면…… 그곳에 왔던 사람들을 추적해봐!"

심정균이 말했다.

마치 뭔가 실마리를 잡은 표정으로.

"단 한 사람이 와서 우주선을 타고 우주로 날아간 것으로 기록되었습니다!"

심우석이 말했다.

"뭐? 거참……! 철저하군! 누군지. 우리들 추적을 피하려고 타고 갈 사람만 혼자 나온 것이야! 누구 같아?"

심정균이 물었다.

"감찰어사 정영미 같습니다!"

심우석이 말했다.

"그래! 그럴 줄 알았어! 그 우주선도 감찰어사란 그 아이 전용일 것이야! 많이 발달됐군! 우주선도."

심정균이 허탈한 미소를 지었다.

"이제 감찰어사 그 어린 계집도 없으니 사람을 몽땅 풀어서 놈들을 찾아라! 모두 죽이고 그 아이를 찾아와야 한다!"

심정균이 말했다.

"네!"

심우석이 대답했다.

우주 과학에 관한 우주에서 가장 앞선 별이라고 자부하는

백타성.

호박.

백타성에서 가장 흔한 돌.

천국성엔 다이아몬드가 굴러다니는 돌이라면,

백타성엔 호박이다.

누런 색깔의 보석 호박.

지구에서나 그걸 보석이라 분류한다.

호박으로 지은 웅장한 건축물.

백타성의 황궁.

그 웅장한 황궁 깊숙한 곳.

헤리피민이 흔들흔들 흔들리는 의자에 앉아 있었다.

헤리피민 옆에는 얼굴의 3분지 1이 두 눈이 차지할 만큼 큰 눈을 갖은.

예쁜 여자가 헤리피민에게 뭔가 열심히 먹이고 있었다.

노잉지란.

토양성 멀리국의 공주.

헤리피민의 신부였다.

노잉지란은 헤리피민 몸에 좋다는 보약을 과자 형식으로 만들어 먹

이는 중이있다.

헤리피민은 노잉지란 앞에선 어린아이가 되었다.

닭살커플.

둘은 그만큼 뜨거운 사랑을 했다.

노잉지란의 미모와 매력이 한몫했다고는 하지만.

헤리피민이 그렇게 노잉지란에게 푹 빠질 줄은.

헤리쮸나 헤리향도 지금까지 같이 살아오면서 본 헤리피민이 아니었다.

오로지

헤리피민은 노잉지란의 말만 무조건적으로 들어줬다.

언제나

노잉지란이 부탁하면 다 들어주던 헤리피민이었지만,

왠지

이번 노잉지란의 부탁은 들어주지 않았다.

노잉지란은 그런 헤리피민에게 애교를 부리며 부탁을 들어 달라고 조르고 있는 중이었다.

"안 돼! 그는 내 친구야! 그를 죽게 할 수는 없어!"

헤리피민은 이번만은 절대 노잉지란의 부탁을 들어줄 것 같지 않았다.

"여보! 그는 내 원수예요! 이번 딱 한 번만 내 부탁을 들어줘요! 다음부터는 이런 부탁은 절대 안 할게요! 약속할게요!"

노잉지란은 끈질기게 헤리피민의 답을 요구했다.

헤리피민의 입에 콩알만 한 자주색 과자를 넣어주며 목에 매달려 입을 맞추기도 하고

볼에 뽀뽀도 하며.

그러나,

헤리피민은 노잉지란의 부탁을 들어주지 않았다.

"……!"

노잉지란의 표정이 다급해졌다.

시간이 없다는 판단에서였다.

"이러다가 시간이 지나면 모든 게 물거품이다! 마지막 수단을 써야 한다!"

노잉지란은 그렇게 속으로 중얼거렸다.

노잉지란은 갑자기 헤리피민에게 키스를 퍼붓기 시작했다.

처음엔 덤덤하던 헤리피민이 급격히 달아오르면서 노잉지란과 같이 옷을 벗어 던지기 시작했다.

순식간에 옷을 다 벗은 둘은 한 몸이 되어 침대 위에서 뒹굴었다.

가쁜 숨을 몰아쉬며.

"몇 번째 단추를 누르면 탑승을 거부하죠? 그 우주선이 탑승자를 버리는 기능이 있다면서요?"

노잉지란이 물었다.

"허억…… 그, 그건…… 안 돼!"

헤리피민이 소리쳤다.

다시 숨을 헐떡거리며.

"그 우주선에서 탑승자를 버리는 기능이 몇 번째 단추예요? 중앙 관리실에서?"

노잉지란이 다시 물었다.

"아…… 안 되는데…… 안 돼!"

헤리피민이 도리질을 치듯 말했다.

좀 더 시간이 흐른 뒤

노잉지란은 숨을 헐떡거리며 같은 질문을 했다.

"검은색 책상 1번 서랍을 열면 서랍 천장에 큰 단추가 하나 있어. 그건데…… 안 돼!"

헤리피민이 말했다.

귀여운 서방님!

고마워요!

한숨 자고 계세요.

노잉지란은 온몸을 축 늘어뜨리고 깊은 잠에 빠져있는 헤리피민을 내려다보며 생긋 웃었다.

노잉지란은 옷을 입고 서둘러 우주 관리실로 달려갔다.

"그년이 정착지에 도착하면 만사 끝이야 서둘러야 해!"

노잉지란은 공중을 날아서 번개같이 관리실로 들어갔다.

"여기다! 이거였어! 잘 가라! 호호호……"

노잉지란은 서랍 천장에 붙은 큰 단추를 사정없이 누르고 한참 동안 웃고 있었다.

눈에서 눈물까지 흘리면서.

"이제야 오라버니들 원수를 갚았다. 이제야 원수를 갚았어! 호호호……"

노잉지란은 통쾌하게 웃었다.

"크, 큰일 났습니다!"

영미의 우주선을 추적하던 지류단경이 벽화이도 사무실로 뛰어오며 소리쳤다.

"무슨 일이야?"

벽화이도가 두 눈을 크게 뜨고 물었다.

"가, 감찰어사께서, 감찰어사께서 타고 가신 우주선에 문제가 발생했어요!"

지류단경이 말했다.

"뭐라고?"

벽화이도가 벌떡 일어서서 컴퓨터실로 뛰어갔다.

주주덕하도 벽화이도 뒤를 따라서 뛰어갔다.

컴퓨터실.

우주의 모든 움직임을 관찰하는 곳.

"이. 이게 뭐야?"

주주덕하가 놀란 두 눈을 크게 뜨며 지류단경에게 물었다.

"내 걱정이 실제 일어난 것이야!"

벽화이도가 말했다.

"무슨?"

주주덕하가 다시 물었다.

"바보야! 감찰어사님 전용 우주선이 우주 공간에서 감찰어사님을 밖으로 버렸어!"

지류단경이 눈에 눈물까지 글썽이며 말했다.

"뭐어? 그렇다면 헤리피민이 배신을?"

주주덕하가 다시 물었다.

"맞아! 그 노잉지탄에 의해 친구를 배신한 것 같다!"

벽화이도가 말했다.

"이제 어떡해요? 감찰어사님은 어떡해요?"

지류단경이 발을 동동 구르며 벽화이도에게 물었다.

"내가 드린 사랑의 선물. 그걸 착용하시면 일주일은 버티실 거야! 그 안에 감찰어사님을 구해야 해!"

벽화이도가 말했다.

"어떻게?"

지류단경이 다시 물었다.

"감찰어사님을 우주로 버린 위치가 정확하게 어디쯤이야?"

벽화이도가 물었다.

"이곳쯤……!"

지류단경이 컴퓨터 화면의 나타난 우주의 수많은 별들 중에 한 곳을 가리키며 말했다.

"헉! 이곳은……! 대왕성 근처야! 여기서 아무리 빨리 가도 열흘. 천국성에선 한 달 이상. 헤리피민이 관리하는 제2 우주공항에서만 가능하겠어. 일주일 정도 걸리는 거리가 될 것 같거든."

벽화이도가 땅바닥에 털썩 주저앉았다.

가능성이 없기 때문이다.

헤리피민이 배신해서 영미를 우주에 버려놓고 구할 마음이 있을 리 만무했다.

"일단 할 수 있는 방법은 다 동원하자! 현재 약초 수집을 위해 우주에 머물고 있는 우리 우주선이 어디쯤 있나 확인해봐!"

벽화이도가 지류단경에게 말했다.

"아…… 안 돼!"

지류단경이 소리쳤다.

"뭐야? 이게 어찌 된 일이야?"

악마의 출현

주주덕하가 물었다.

"무슨 일이냐?"

벽화이도가 물었다.

"우주 관찰을 할 수가 없어! 모든 연락도 할 수가 없고!"

지류단경이 말했다.

"뭐라고?"

벽화이도가 물었다.

"감찰어사님 전용 우주선에 있는 중계기를 이용하여 모든 우주에 연락도 하고 관찰도 했는데 이제 감찰어사님 우주선이 그 기능을 꺼 버렸어. 아마도 제1 우주공항 보관소로 들어갔거나. 중계기 기능을 원 격조종하여 꺼버렸거나 둘 중 하나같아요! 전혀 화면이 나타나지 않고 연락도 안 돼요."

지류단경이 손에 든 핸드폰을 만지고 컴퓨터를 만지며 작동을 안 한다는 것을 말하고 있었다.

"헉! 그럼……! 우린 미아가 된 감찰어사님을 어떻게 구하고…. 으으……."

주주덕하가 어처구니없다는 표정이다.

"으으…… 이런 어처구니없는 사태가 생기다니. 아직 대처할 만한 것을 만들지도 못했는데."

벽화이도가 바닥에 털썩 주저앉아서 눈물을 글썽이며 한탄했다.

"전 얼른 자하경은님께 이 소식을 전할게요!"

지류단경이 눈물을 닦으며 벌떡 일어섰다.

"그래! 얼른 전화해라!"

벽화이도가 말했다.

"이게 무슨 말이야?"

전화 연락을 받고 달려온 자하경은.

벽화이도 사택에 들어서자마자 화를 벌컥 냈다.

"왜? 그런 낌새를 느꼈으면서 우주선을 타도록 놔뒀어? 이 바보야!"

벽화이도의 가슴을 주먹으로 쾅쾅 치면서 자하경은이 울고 있었다.

"다른 분들은요?"

지류단경이 물었다.

소연 노파와 강철, 자율선, 강희(심정림) 등은 어떻게 하고 있느냐고 묻는 것이다.

"곧바로 밖에 나가지 말라 했다. 너희들도 밖에 나가지 말고."

자하경은이 말했다.

"……! 그게 무슨 말이에요?"

지류단경이 의문스러운 표정으로 물었다.

"감찰어사님 신변에 이상이 생기면 우린 죽은 목숨이야! 지구에 있는 적들도, 우주에 있는 적들도, 천국성 적들까지. 모두 우리를 죽이려고 찾을 거야! 그러니 절대 움직이지 말고 꽁꽁 숨어 있어야 해!"

자하경은이 말했다.

"그, 그럼? 감찰어사님은 영영 구할 방법이 없나요?"

지류단경이 물었다.

"그렇게 죽을 이모가 아니니까. 차분히 기다려보자! 절대 움직이지 말고."

자하경은이 눈물을 소매로 닦으며 말했다.

"그걸 말이라고 해? 감찰어사님은 죽었는지 살았는지 모르는 상황에서 우리들만 안전하겠다고 숨어?"

악마의 출현

벽화이도가 화를 벌컥 냈다.

"네가 사랑의 선물인가 뭔가 드렸다며?"

자하경은이 벽화이도 가슴팍을 두 손으로 팍 치면서 물었다.

"흑. 그게 무슨 소용이야! 구할 방법이 없는데."

벽화이도가 눈물을 흘리며 흐느껴 울기 시작했다.

지류단경도 주주덕하도 울기 시작했다.

"대왕성 근처라며? 이모를 우주선이 버린 위치가?"

자하경은이 벽화이도를 바라보며 눈물을 흘리면서 물었다.

"그런 것이 무슨 소용인데? 흑흑……."

벽화이도가 더욱 소리를 높여 울었다.

"이모가 이번에 가려던 별이 대왕성이야! 바보야!"

자하경은이 말했다.

"뭐어?"

벽화이도가 화들짝 놀라며 물었다.

"그렇다면?"

지류단경이 뭔가 생각난 듯 표정이 밝아지며 물었다.

"이제야 알겠어? 이모는 신이야! 스스로 대왕성까지 갈 수 있을지도 몰라!"

자하경은이 말했다.

"흑흑…… 으앙……."

벽화이도가 더욱 크게 울기 시작했다.

"왜 울어?"

자하경은이 물었다.

"바보야! 별에는 대기권이라는 것이 있어. 그 대기권은 아주 강력한 공기층으로 형성돼서 철이라도 타버리는데 감찰어사님이 무사할 것 같으냐? 으앙……."

벽화이도가 더욱 크게 울었다.

"으으…… 그래! 그런 게 있었어!"

자하경은이 두 눈에 눈물을 주르륵 흘렸다.

"만약에 이모한테 무슨 일이 생기면 헤리피민과 노잉지란 너희들을 다 죽이겠다! 아니 백타성을 통째로 날려 버리겠다. 그게 안 되면 하나씩 갈기갈기 찢어서 다 죽일 때까지 죽이고 죽일 것이다!"

자하경은의 눈에는 불꽃이 일기 시작했다.

"헉! 왜, 왜 그래?"

벽화이도가 자하경은의 눈에서 일어나는 불꽃을 보며 놀라 소리쳤다.

5대 악인들의 피를 이어받은 자하경은.

벽화이도는 아직 그것을 몰랐다.

영미가 자하경은을 착하게 이끌어 주고 있다는 것을.

그렇다 해도

5대 악인의 피가 흐르는 자하경은이었다.

"흐흐흐…… 영미가 죽었다고! 흐흐흐…… 이제 슬슬 내가 나설 차례군! 흐흐……."

어두운 옥상.

긴 머리카락을 바람에 나부끼며

먼 하늘을 바라보는 남자가 있었으니.

그는 영미가 죽었다고 말했다.

휘잉.

거센 바람이 불고 있었다.

소연 노파는 화장실을 가기 위해 방문을 열고 거실로 나왔다.

"……!"

화장실 앞에 누군가 웅크리고 서 있는 것을 본 소연 노파는 불을 켜기 위해 벽을 더듬었다.

스위치를 찾기 위해서였다.

"흐흐흐…… 넌 영원히 천국성으로 돌아가서는 안 된다!"

화장실 앞에 웅크리고 있던 사람이 징그럽게 웃으며 소연 노파에게 다가왔다.

"건방진!"

소연 노파는 자신을 너무 우습게 아는 검은 그림자가 너무 건방지다고 생각했다.

가장 빠른 무공으로 그림자를 한 방에 보낼 생각으로 손을 펼쳤다.

"컥! 이……?"

그러나

검은 그림자 손이 어느새 소연 노파 목을 움켜쥐고 있었다.

우두둑.

목이 부러지는 소리가 들리며.

소연 노파는 맥없이 쓰러졌다.

"흐흐흐……."

검은 그림자는 징그럽게 웃으며 성큼성큼 걸어서 자율선이 자고 있는 빙으로 들어갔다.

"컥!"

짧은 비명이 터지고.

뼈가 부러지는 소리가 들렸다.

"호호호······."

징그러운 웃음과 함께 검은 그림자가 이번엔 심정림이 자고 있는 방으로 들어갔다.

퍽. 퍽. 퍽······.

연쇄적으로 타격음이 들리고

"크억······!"

비명이 들리더니

검은 그림자가 도망치듯 심정림이 자던 방에서 도망쳐 나왔다.

퍽.

퍽. 퍽.

도망치는 검은 그림자를 쫓아가며 타격음은 계속 들렸다.

번쩍.

거실에 불이 밝혀졌다.

심정림이 거실에 나와서 불을 켠 것이다.

"이게 어찌 된 일이야!"

심정림은 거실에 쓰러진 소연 노파와 방에서 목이 부러진 채 죽은 자율선을 발견하고 부들부들 떨었다.

심정림은 얼른 전화로 자하경은에게 연락했다.

심정림은 소연노파와 자율선을 나란히 거실에 눕히고 인공호흡까지 다 동원해서 열심히 살리려고 노력했다.

"이, 이게······ 어찌 된 일이야?"

자하경은이 벽화이도와 함께 들어오며 심정림에게 물었다.

"강철이. 강철이 그랬어!"

심정림이 말했다.

"뭐라고? 강철 태자님? 왜?"

자하경은이 믿을 수 없다는 투로 물었다.

"나도 죽이려 했는데 초이한테 당하고 도망쳤어!"

심정림이 말했다.

그렇다.

검은 그림자는 강철이었고

계속되는 타격음이 들리며 도망을 친 것은 초이한테 당하고 도망친 것이었다.

"흠! 감찰어사님 생각이 맞았어! 강철이 이상하다는 말이."

벽화이도가 말했다.

"회장님! 살릴 수 있겠어요?"

자하경은을 바라보며 심정림이 물었다.

자하경은이 소연 노파와 자율선의 상태를 살폈다.

"이상하다. 이상해……!"

자하경은이 고개를 갸우뚱하며 중얼거렸다.

"뭐가?"

벽화이도가 물었다.

"피, 피가 하나도 없어! 피가."

자하경은이 말했다.

"뭐라고?"

"그럴 수가?"

벽화이도와 심정림이 물었다.

우주에서 온 소녀의 21세기 암행어사 ❼

"마치 피를 다 흡수한 것처럼. 다 말라 버렸어! 그래서 살릴 수가 없어!"

자하경은이 방바닥에 털썩 주저앉으며 말했다.

"그럴 수가! 어찌 그런 살인을. 강철이?"

벽화이도는 믿을 수 없다는 표정이다.

벽화이도는 소연 노파와 자율선의 상태를 세밀히 살피기 시작했다.

"아, 아 이럴 수가! 흡혈귀가 전설로만 전해지는 줄 알았는데."

벽화이도가 말했다.

"흡혈귀가 아니라 무술이에요! 현음이라는 무기를 이용한 무술."

심정림이 말했다.

"뭐라고? 그걸 어떻게?"

자하경은이 심정림에게 물었다.

"그, 그게…… 언젠가 나도 배운 것 같아서……."

심정림이 말했다.

마치 기억을 더듬어 생각하듯

그런 표정으로.

"이제 기억이 조금씩 돌아오나 봐요? 잘됐어요!"

자하경은이 심정림을 보며 미소를 지어 보였다.

영미가 자하경은에게 한 말을 생각하면서.

"강희. 아니, 심정림. 저 동생이 본 기억을 되찾으면 아마도 엄청난 사실을 알게 될 것이야! 기억을 되찾을 수 있도록 도와줘!"

영미가 우주로 나가기 전에 자하경은에게 부탁한 말이었다.

"그렇다면 강철이…… 바로!"

자하경은이 뭔가 알아낸 모양이다.

"조용히. 소연님과 자율선의 장례를 우린 부회장에게 맡기고 b 지점으로 간다!"

자하경은이 벽화이도한테 말했다.

"알았다!"

벽화이도가 대답했다.

"청유회의 모든 회원들은 감찰어사 정영미 구출 작전에 총력을 기울여라!"

"독문의 모든 우주선은 대왕성 근처 우주에 감찰어사님을 찾아라!"

"의문의 모든 약초 수집용 우주선은 대왕성 근처로 집결하라!"

혜리향은 영미의 사고를 알고 청유회와 독문과 의문에 연락을 취했다.

지구에 연락이 안 된다는 것을 안 혜리향은 백타성 왕실 전용 우주선을 지구 근처로 중계기를 탑재한 채로 이동시켰다.

"빨라야 15일이다! 왕실 전용 우주선이 지구 근처로 갈 수 있는 시간이."

혜리향은 마음은 급하지만 자신의 능력으로선 할 수 있는 방법이 없었다.

"약초 수집용 우주선이 대왕성에서 가장 가까운 것이 10일 정도 걸리는 거리에 있답니다!"

모이겸진이 혜리향에게 보고를 하고 있었다.

"정녕 감찰어사님을 구할 방법은 없는가……! 아아, 안타깝다!"

혜리향은 안타깝다는 말을 되풀이했다.

히 루기 지있다.

자하경은이 밤새도록 울어서 눈이 퉁퉁 부었다.

자하경은을 위로해주는 벽화이도와 지류단경 역시 눈이 벌겋게 충혈되어 있었다.

주주덕하는 아직 잠에서 깨지 못한 것을 보니 밤을 새우다가 늦게 잠이든 모양이다.

그런데,

심정림.

그녀는 뭐가 즐거운지 콧노래를 부르며 마실 것 먹을 것 다 챙겨 먹고 있었다.

"저 앤 뭐냐! 뭐가 저렇게 즐거운데?"

지류단경이 심정림을 보는 눈길이 곱지만은 않았다.

속상해서 미치겠는데

뭐가 즐겁다고 콧노래까지…….

"놔둬! 아직 제정신이 아니야!"

자하경은이 지류단경에게 말했다.

지류단경은 물론이고 주주덕하와 벽화이도까지 심정림을 바라보는 눈이 무척 화가 나 있었기 때문이다.

무슨 일이 생기기 전에 자하경은이 막아야 한다고 말을 한 것인데.

"야! 넌 뭐가 좋다고 콧노래를 부르고 지랄이야!"

지류단경이 결국은 화를 참지 못하고 소리를 지르고 말았다.

"그럼! 넌 뭐가 안 좋은데?"

심정림이 오히려 황당하다는 표정으로 지류단경을 쏘아보는 것이 아닌가.

"이, 이게! 아무리 바보라지만…… 감찰어사님이 실종됐는데 안 좋은 게 뭐냐고? 그럼! 감찰어사님이 실종돼도 좋다는 것이냐?"

벽화이도가 버럭 화를 내며 소리쳤다.

악마의 출현

"바보? 너희들이 바보지 내가 바보냐? 이 초이는 뭣 하러 만들었어? 초이가 감찰어사 아니 우리 언니랑 어디서든지 연락이 된다는 것을 몰라? 바보들……."

심정림이 자하경은과 벽화이도 그리고 지류단경을 차례로 바라보며 말했다.

"아……!"

자하경은이 뭔가 깨달은 표정으로 심정림을 바라보았다.

벽화이도와 지류단경도 뭔가 깨달은 눈치다.

"이제야 눈치를 챘군. 언니한테선 이미 연락이 왔어! 잘 있다고 걱정 말라던데. 뭐라더라, 음……! 그래! 동생하고 있다고 그러던데. 근데……! 동생이 누구지?"

심정림이 말을 하다가 갑자기 물었다.

"아……! 그렇지. 초이는 이모와 마음으로 통하는 인공곤충이라서 이모가 전하고 싶은 것을 전할 수 있어. 그걸 정림이가 느낀 것이고. 그래! 맞았어! 그런데 동생이라고? 그게 누구지? 잘못 전달된 것인가?"

자하경은이 말했다.

"휴…… 잘 있다는 것을 믿어야 하나……! 동생이란 이야기도 그렇고! 동생은 없는데 저 정림이 말고는."

지류단경이 말했다.

"믿어! 바보들아! 3일 후 돌아오신다고 그랬어! 바보들……."

심정림이 중얼거리듯 말했다.

"으아…… 인 그래도 울화둥 터시는데 꼭 서런 미친…… 저 말을 들어야 하나!"

벽화이도가 금방이라도 심정림을 때릴 자세로 소리를 질렀다.

"자, 잠시만! 이도야! 초이가 이모하고 마음이 통하는 것은 사실이야! 그 마음을 정림이도 같이 통할 것이고. 그렇다면 정림이 말이 맞을지도! 3일이라 했지?"

자하경은이 벽화이도의 화를 누그러뜨리며 심정림에게 물었다.

"뭘 들은 거야? 3일 맞아! 3일 후 간다. 그랬어!"

심정림이 말했다.

"그래! 어차피 우리가 할 수 있는 게 뭐 있냐? 아무도 없잖아! 3일간 기다려보자! 정림이 말을 믿고!"

자하경은이 말했다.

"그래요! 그렇게 해요! 저도 왠지 정림이 말이 맞을 것 같아요!"

지류단경이 말했다.

"알았다!"

벽화이도가 퉁명스럽게 대답했다.

잠실.

고층 아파트.

한강이 훤히 내려다보이는 거실에 앉아있던 선녀.

그녀는 태어나서 그렇게 놀라기는 첨이었다.

창문 밖을 통해 한강 물을 바라보고 있는데

3차원 영상도 아니고

3D 게임도 아닌데

한강 물에서 검은 점 하나가 차츰차츰 커지더니

그게 사람 얼굴로 변하더니

더욱 크게

크게

변하면서 아파트 창문을 다 덮어 버렸다.

"으악!"

선녀의 비명 소리에

장민, 동규, 성철.

그렇게 부르는 20대 청년들.

그들의 힘은 영미도 잘 알고 있었다.

이미 겪어 본 자들이니깐.

그 막강한 힘을 가진 그들과

준석, 정아.

이렇게 5명이 거실로 뛰어나왔다.

"으으…… 저게 뭐냐?"

처음에 나온 20대 청년들 동규, 장민, 성철은 놀라서 두 눈이 휘둥 그레졌다.

넓은 거실문 전체를 다 덮은 사람 얼굴이 아파트 창문 밖에 붙어서 징그럽게 웃고 있었다.

"저, 저건! 강철이다!"

뒤늦게 나온 정아가 놀라 소리쳤다.

"가, 강철!"

모두 놀라서 멍하니 바라보는데. 강철의 얼굴이 서서히 녹아들고 있었다.

마치 유리창이 물이라도 되는 것처럼 유리창을 그대로 통과하며 그 큰 얼굴이 차츰 작아지며 본래 모습으로 돌아왔다.

"흐흐흐…… 네놈들이 뛰어봐야 벼룩이지. 여기에 처박혀 있었구나!"

강철이 징그럽게 웃으며 맨 앞에 있던 20대 청년 동규 목을 손으로 움켜잡았다.

"컥!"

우두둑.

비명이 터지고 뼈가 부러지는 소리가 들리며 강철의 손에 목을 잡힌 동규가 축 늘어졌다.

"이, 이런! 죽일 놈!"

장민과 성철이 동시에 화를 내며 강철을 공격해 들어갔다.

그러나

컥.

컥.

단 두 마디 비명이 터지고 뼈가 부러지는 소리가 들리며.

강철의 양손에 장민과 성철이 축 늘어진 채 들려 있었다.

"도, 도망쳐!"

준석이 선녀를 떠밀어 문밖으로 나가게 하며 소리쳤다.

"준석이 넌?"

선녀가 준석을 바라보며 얼른 나오라는 눈짓을 했다.

"사실 선녀 누님을 난 너무 좋아했어. 그러나 말을 못 하고 속으로만 끙끙 앓았지. 꼭 살아서 영미라는 분을 찾아가. 그럼 도와줄 거야. 얼른."

준석이 강철의 앞을 가로막으며 소리쳤다.

"준석아! 같이 가자."

선녀가 소리쳤다.

"내가 강철을 잡고 있을 동안 얼른 도망쳐. 꼭 살아야 해. 누님."

준석이 급하게 소리쳤다.

"준석아!"

선녀가 눈물을 두 눈에 흘리며 소리치다가 뒤돌아 도망치기 시작했다. 이미 강철이 준석이 앞에 다가오는 것을 보았기 때문이다.

"흐흐……"

강철이 언제 다가왔는지.

준석의 얼굴에 자신의 얼굴을 맞대고 징그럽게 웃었다.

"주, 죽엇!"

준석이 손가락으로 강철의 눈을 향해 번개같이 찔러갔다.

허나.

"컥……!"

준석은 강철의 손아귀에 목을 잡힌 채 공중에 들려 버둥거렸다.

"다른 놈들은 어디 있지? 먼저 날 잡아가서 고문을 하던 그놈들은? 말하면 넌 살려준다!"

강철이 준석의 얼굴에 허연 이빨을 들이대며 물었다.

"3, 30분만 기다리면 여기로 온다!"

준석이 말했다.

준석은 어차피 선녀를 인질로 잡아 협박을 하는 바람에 어쩔 수 없이 같은 편이 되었지만 그늘과 의리니 뭐니 그런 건 없었다. 지금은 좋아하는 선녀가 무사히 도망칠 수 있게 시간을 벌어 주려는 것이었다.

"그래? 그럼 30분만 기다려보지 뭐! 너도 이리 와!"

강철의 손아귀에 정아가 목을 잡혔다.

정아는 무서워서 온몸이 굳어 버린 채 벌벌 떨고만 있었다.

"사, 살려주세요! 태자님!"

정아가 부들부들 떨며 말했다.

"난 이놈만 데리고 30분을 기다린다! 넌 필요 없어! 30분이 지나도 아무도 안 오면 이놈도 필요 없지!"

강철이 징그럽게 웃으며 정아를 움켜잡은 손아귀에 힘이 들어갔다.

우두둑.

비명도 없이 정아도 축 늘어졌다.

줄줄.

준석이 바지에서 물이 줄줄 흘렀다.

오줌을 싼 것이다.

우두둑.

준석이 목도 부러지고 말았다.

30분이 지나도 아무도 오지 않았기 때문이다.

강철은 방과 거실에 불을 지르고 창문으로 연기와 같이 사라졌다.

선녀는 정신없이 도망치고 있었다.

사람들이 봐도

무조건 빠르게 도망쳐야 하기에

건물과 건물을 날아 건너며

이 건물에서 저 건물로 번개같이 도망을 쳤다.

"어딜 가느냐?"

고함 소리가 들리며

선녀 앞에 누군가 나타났다.

이젠 죽었구나 생각하며 선녀는 앞에 나타난 사람을 바라보았다.

심우석.

바로 그였다.

"아! 다 죽었어요! 모두 다 죽었어요!"

선녀는 중얼거리듯 말했다.

"뭐가 말이냐? 다 죽다니 뭐가? 누가?"

심우석이 물었다.

"동규, 성철, 장민, 정아, 준석. 모두 죽었어요!"

선녀가 말했다.

"뭐라고? 그게 정말이냐?"

심우석이 물었다.

무척 놀라는 표정으로.

"네! 강철이란 사람한테."

선녀가 말했다.

"뭐라고? 강철? 으하하하…… 이게 미쳤나! 강철 그 바보에게 우리 식구들 5명이 죽었다고? 그 말을 믿으란 말이냐?"

심우석이 말했다.

"아파트로 불에 타는 것을 봤습니다! 제 말이 맞아요!"

선녀가 말했다.

선녀는 도망을 치다가 준석이 걱정되어 멀리서 지켜보고 있었다.

그러나 30분이 지나고 준석도 죽자
선녀는 무작정 도망을 치는 중이었다.

지하실.
심정균이 소파에 앉아서 부들부들 떨고 있었다.
"이게 말이 되느냐? 강철이라고? 강철? 심정림이 아니고? 강철? 그놈
이 어떻게 현음공을 알아! 세상에서 그 무술을 아는 사람은 오로지
나와 사모님. 그렇다면⋯⋯! 강철이? 이런⋯⋯! 이런 일이."
심정균이 무슨 생각을 했는지. 부들부들 떨던 몸을 멈추고 환한 표
정으로 얼굴이 변했다.
꿩 대신 닭이라고
"강철 그놈을 잡아야겠다.
강철 그의 행방을 찾아라!
모든 요원들은 지금부터 심정림과 강철의 행방을 찾는 데 총력을 기
울인다.
찾아라!
무조건 찾아야한다!"
심정균은 그렇게 명을 내리고 있었다.

영미가 우주에 버려진 채.
시간은 빠르게 지나갔다.
하루.

이틀.

사흘.

나흘.

벌써 4일째다.

벽화이도가 사랑으로 만들어 선물을 한 헬멧과 산소통을 갖고 버틸 수 있는 한계도 이젠 3일 남았다.

천국성에서.

우주에서.

영미가 실종된 대왕성 근처 우주를 향해 총 3개의 우주선이 서로 경쟁하듯 쉬지 않고 날고 있었다.

그러나

가장 빨리 대왕성 근처까지 갈 수 있는 우주선이

아직도 일주일은 걸려야 도착할 예정이었다.

백타성 왕실 전용 중계기를 탑재한 우주선도

지구를 향해 날고 있었으나

아직 거리가 너무 멀었다.

"으앙……."

자하경은이 드디어 울음을 터뜨렸다.

"흑흑……."

벽화이도가 자하경은을 따라 같이 울기 시작했다.

으 흐……

지류단경과 주주덕하는 눈이 벌겋게 충혈된 채 안절부절못하고 있었다.

"기억도 잃어버린 정림씨 말을 믿는 우리가 바보지. 이젠 정말 감찰어사님을 구할 방법이 없단 말인가."

지류단경이 한스러운 말을 쏟아냈다.

벽화이도와 자하경은의 울음소리는 더욱 커졌다.

"엥? 누가 죽기라도 했나? 왜들 울고 난리야?"

심정림이 자다가 일어난 모양이다.

부시시한 눈으로 방에서 나오며 말했다.

"아무리 기억이 없다 하지만 너무하잖아! 감찰어사님을 구할 방법이 없어서 다들 걱정하고 있는데. 정림씨는 뭐예요?"

지류단경이 확 쏘아붙였다.

"바보들. 언니는 다 왔다는데. 울긴 왜 울고 난리야!"

심정림이 이해할 수 없다는 표정을 짓더니 다시 방으로 들어가 버렸다.

드르릉.

우주용 통신 컴퓨터가 켜지며 모니터에 화면이 나타났다.

"……!"

울고불고 난리 치던 자하경은과 벽화이도가 동시에 그걸 보고 후다닥 달려왔다.

지류단경과 주주덕화도 달려와 모니터를 응시했다.

"걱정했지? 난 무사하니깐 걱정하지 마! 지금 어디에 모여 있어?"

영미 모습이 화면에 나타나 말을 하고 있었다.

"이모……! 정말 괜찮아?"

자하경은이 눈물을 닦고 환한 미소를 지으며 물었다.

"그래! 괜찮아! 내가 누구냐? 킥킥…… 어디야? 금방 갈게. 가서 이야기하자!"

영미가 말했다.

"d 본부야! 이곳으로 와!"

자하경은이 말했다.

"아…… 배고파! 맛있는 것 많이 해놔! 1시간 후에 간다!"

영미가 생글생글 웃는 모습으로 말을 마치고 모니터는 자동으로 꺼졌다.

"이상하다! 그럼 헤리피민이 다시 전용 우주선을 보낸 것인가……!"

벽화이도가 의문스러운 표정을 지었다.

"어디 추적해 봐요!"

지류단경이 말했다.

주주덕하가 얼른 우주 추적용 컴퓨터를 켰다.

대형 모니터에 우주의 수많은 별들이 나타났다.

"이상합니다! 우주 관찰은 되는 걸 보면 중계기는 가까이 있나 본데. 감찰어사님 우주선은 보이지 않습니다. 자, 잠시만요! 뭔가 보이긴 하는데……! 아, 저건 우리 청유회 우주선 2척과 의문 우주선 1척이 움직이고 있군요! 미리 감찰어사님이 연락을 하신 모양입니다. 돌아가고 있군요! 그런데 정말 감찰어사님 우주선은 보이지 않습니다! 어찌된 일이죠?"

주주덕하가 모니터를 바라보며 말했다.

"그러게. 정말 이상하다! 연락을 취해봐!"

지류단경이 말했다.

벽화이도가 다시 통신용 컴퓨터를 켰다.

모니터엔 화면이 잡히지 않은 채

지지직……

거리기만 했다.

"뭐지? 어찌 된 일이야? 왜 연락이 안 돼?"

자하경은이 물었다.

"모르겠어……!"

벽화이도가 대답했다.

"아직도 전혀…… 지구 근처엔 우주선이 없어! 지구에서 발사한 허접한 고물 우주선들만 잡히는데 설마 저걸 타고 오는 건 아니겠지?"

벽화이도가 자하경은에게 물었다

"글쎄……! 아무튼 잘 추적해봐!"

자하경은이 말했다.

"뭘 추적해?"

영미 목소리가 들렸다.

언제 나타났는가.

모두들 소리가 난 곳을 향해 고개를 돌리니 영미가 생글생글 웃고 있었다.

"이모!"

자하경은이 날다시피 뛰어 영미를 와락 끌어안았다.

"감찰어사님!"

벽화이도와 주주덕하 지류단경이 기쁨의 눈물을 흘리며 영미에게 달려갔다.

"켁켁……! 숨 막혀 죽겠다! 좀 놔줘!"

영미가 자하경은을 보며 장난스럽게 말했다.

"이모! 난 이모가 죽은 줄 알았어! 으앙……."

자하경은이 눈물 콧물 다 흘리며 기뻐했다.

"들어와!"

영미가 문밖을 향해 소리쳤다.

다들 의아한 표정으로 문을 보는데

문이 열리며 사람이 들어왔다.

얼굴의 3분지 1은 두 눈이 차지할 만큼 큰 눈을 가진 소녀.

정미담.

영미 동생이다.

"내 동생이야! 모두들 인사나 해!"

영미가 말했다.

"도, 동생?"

자하경은이 놀라 물었다.

"응! 그래! 내 동생 정미담이야. 이쪽은 내 조카 자하경은."

영미가 정미담과 자하경은을 인사시켰다.

"정미담이라 합니다!"

정미담이 공손히 인사했다.

"반가워요. 자하경은이에요!"

자하경은이 같이 인사했다.

"벽화이도입니다!"

"주주덕하입니다!"

"지류단경이라해요! 반가워요!"

모두들 징미팀과 인사를 나눴다.

그때,

"난 심정림이야! 그럼 내가 언니인가?"

심정림이 나오며 말했다.

"아, 아니야! 미담이는 실제 나보다 나이가 많아!"
영미가 말했다.
"바보. 내가 젤 나이가 많은데…… 난, 난. 많다. 나이……."
심정림이 말했다.
"그럼! 제가 언니라 부를게요!"
정미담이 얼른 말했다.
"호호…… 반가워! 동생아!"
심정림이 얼른 정미담을 두 팔로 안고 반가워했다.
"그러니까……! 이모를 구한 사람이 동생이라고?"
자하경은이 물었다.
탁자를 앞에 놓고 빙 둘러앉아서 차를 마시고 있었다.
지구에서나 맛볼 수 있는 커피였다.
"그렇지……! 미담이가 나를 구했어!"
영미가 말했다.
"고마워요! 정말 고마워요!"
자하경은이 말했다.
벽화이도와 지류단경. 주주덕하도 차례대로 고맙다는 인사를 미담
에게 했다.
"전 사실 스승님이 언니를 구하라고 보내주셔서 구한 것뿐이에요.
스승님이 미리 알고 제게…."
정미담이 말했다.
"스승님? 그게 누구죠?"

악마의 출현

지류단경이 물었다.

"웅! 삼태성이란 별에 있는 내 친구야! 박유혁이라고."

영미가 말했다.

"삼태성이라면……! 태양이 3개가 동시에 비치는 외로운 별?"

벽화이도가 물었다.

"그래!"

영미가 대답했다.

"우아! 거긴 언제 갔대? 가장 먼 곳에 있는 별 중 하나인데. 전용 우주선으로 가려면 아마 3개월은 걸리지?"

벽화이도가 다시 물었다.

"연구를 하느라고 다른 별에서 잠시 만났어. 나중에 삼태성에도 가 봐야지."

영미가 말했다.

"그런데……! 궁금한 것이 있어요!"

지류단경이 말했다.

"우주선을 추적했는데 왜 안 보이냐고?"

영미가 생글생글 웃으며 물었다.

"네!"

지류단경이 말했다.

"천국성은 지구보다 약 400년 앞선 문명이라 했지?"

영미가 지류단경에게 물었다.

"네!"

지류단경이 대답했다.

"그 400년 뒤떨어진 문명의 지구에서 천국성 우주선을 추적할 수 있을까? 뭐 간혹 되는 것도 있겠지. 허나 지구에선 우리 우주선을 발견할 수도 없어. 그게 문명의 차이야. 지구에서 우리 우주선을 추적할 수 있는 것은 오로지 야두리혁 일당뿐이야."

영미가 말했다.

"그럴 수가?"

지류단경이 놀랍다는 반응이다.

"백타성은 천국성보다 우주과학은 100년은 앞서있고?"

영미가 다시 물었다.

"네! 그렇죠!"

지류단경이 대답했다.

"삼태성은 천국성보다 무려 600년은 앞선 문명을 갖고 있어! 그래서 우주선을 미개한 장비로는 추적이 불가능한 것뿐이야!"

영미가 말했다.

우아.

그렇다면,

지구보다 무려 1,000년을 앞선 문명이라.

천국성보다 600년을 앞선 문명은 과연 어떨까.

영미의 말을 듣고 다들 삼태성에 가보고 싶은 마음이 생겼다.

"그렇다면……!"

주주덕하가 갑자기 뭔가 생각이 난 듯 정미담을 바라보았다.

"……! 왜요?"

정미담이 자신을 빤히 바라보는 주주덕하의 눈길이 따가웠는지.

얼굴을 살짝 붉히며 물었다.

"600년이나 앞선 문명의 세계에서 오신 스승님에게 무엇을 배우셨

을까요? 아마도 대단한 생각이 듭니다!"

주주덕하가 호기심을 갖고 물었다.

"킥킥…… 나중에. 천천히…… 나중에 보면 알 거야! 급하긴."

영미가 대신 대답하며 생글생글 웃었다.

"헉! 감찰어사님이 동생분 입을 막았다. 왠지 큰 걸 숨기는 느낌."

주주덕하가 장난스럽게 말했다.

"하하…… 지구에서 지금 사용하는 무기들을 보면 화약을 넣고 만든 탄환을 발사하는 총을 사용하고 있잖아. 우리 천국성에서 이미 오래전에 버린 광선총도 지구에선 먼 미래의 무기야. 그렇다면, 삼태성 무기는 뭘까? 상상해봐!"

벽화이도가 말했다.

다들 호기심을 갖고 정미담과 영미를 바라봤지만,

둘은 미소만 지을 뿐 입을 열지 않았다.

저녁을 먹고

모두들 다시 한자리에 앉아서 과일을 먹고 있었다.

지구에서 흔히 볼 수 있는 수박과 배를 먹고 있었다.

"활에서 화약총, 그리고 광선총. 그리고 우리가 아는 최신무기는 전파총이 끝인데 전파총 하면 적을 추적하여 죽이고 싶은 자만 골라 죽일 수 있는 무기잖아. 장애물도 필요 없고…… 어디에 있든 죽일 수 있는 무기라면, 삼태성 무기는 뭘까?"

벽화이도가 다시 정미담을 바라보며 미소를 지으면서 물었다.

자신도 다시 이 질문을 하는 것이 우습다는 생각이 든 모양인데 정미담은 입을 다물고 영미를 바라보았다.

"먼저 헤리피민이 줬던 내 전용 우주선이 별을 하나 가루로 만드는 데 3개의 폭탄이 필요했지?"

영미가 벽화이도에게 물었다.

"그렇지! 그렇다면……! 삼태성 우주선은 1개의 폭탄이?"

벽화이도가 조금은 알 것 같다는 태도인데

영미는 고개를 살랑살랑 흔들었다.

"지구나 천국성이나 백타성까지도 죽음과 파괴용 무기를 만들었다면 삼태성은 그 지겨운 무기의 탈을 벗고 생을 위한 무기를 만들었다고 보면 맞아!"

영미가 말했다.

"생을 위한 무기?"

모두들 동시에 영미를 바라보며 같은 질문을 했다.

"쉽게 말을 하면 적을 죽이는 게 목적이 아니라, 아군으로 만드는 게 목적인 무기지. 나를 위한 동료로 만들어버리는 무기를 삼태성은 만들어 보유하고 있는 별이라고 보면 돼! 나중에 직접 보면 알게 돼!"

영미가 말했다.

"아하! 그것이야말로 무기의 새로운 혁명이다. 그런데 치사하긴. 지금 보여주면 되는데……."

벽화이도가 말했다.

다들 동조하는 분위기였다.

"킥킥…… 보여줄 수 있다면 벌써 보여줬지. 나중에 그냥 보면 알게 된다니깐."

영미가 말했다.

정미담이 고개를 끄떡거리고 있었다.

"으악……!"

자하경은의 비명 소리를 듣고 모두들 밖으로 달려 나갔다.

보름달.

둥근 보름달이 훤히 비추는 하늘.

그런데,

보름달이 아니었다.

핏물이 줄줄 흐르는 사악한 두 눈.

자하경은이 그것을 올려다보며 부들부들 떨고 있었다.

"으으…… 저게 뭐냐?"

벽화이도가 공포의 표정으로 벌벌 떨며 물었다.

"뭐지……!"

영미가 하늘을 올려다보며 의아한 표정을 지었다.

"진혼안이라는 무술이야!"

심정림이 말했다.

"뭐라고? 진혼안? 그런 무술도 있었나?"

영미가 물었다.

"웅! 별것 아니야! 나도 알거든!"

심정림이 하늘을 올려다보며 말했다.

"크크크……"

보름달에 박혔던 시뻘건 두 눈은 차츰 커지더니 영미 일행 앞으로 뚝 떨어졌다.

"가, 강철……!"

벽화이도가 놀라 소리쳤다.

영미도 강철임을 알고 무척 놀라고 있었다.

강철의 머리에서 검은 연기가 모락모락 피어오르고 있었다.

두 눈에서는 시뻘건 핏물을 주르륵 흘리면서.

그런데,

모두들 앞으로 나선 심정림.

그녀도 똑같은 모습으로 강철을 바라보고 있었다.

"크크크…… 넌 누구냐?"

심정림을 바라보며 강철이 물었다.

"호호호…… 그러는 넌 누구냐? 어떻게 진혼안과 흑모참을 알지?"

심정림이 되묻고 있었다.

"크크크…… 세상에서 가장 무서운 무기 흑모참."

강철이 혼잣말처럼 중얼거렸다.

그때였다.

정미담이 앞으로 나서며 온몸에서 밝은 광채를 발하고 있었다.

"어리석은 인간들아! 세상에서 가장 강한 무기는 바로 빛이다!"

정미담이 조용한 음성으로 말하고 있었다.

푸시시.

뭔가 타서 재로 변한 것인가.

강철의 핏물이 뚝뚝 떨어지던 두 눈도.

머리에서 피어오르던 검은 연기도.

마치 재가 바람에 날리듯 흩어지며 사라졌다.

털썩.

강철이 무릎을 꿇고 엎드렸다.

"잘못했습니다! 용서하십시오!"

강철의 입에서 놀랍게도 그런 말이 튀어나왔다.

모두들 기가 막혀 할 말을 잃고 있는데,

"이제부터 넌! 내 친구니라! 난 너의 친구다!"

정미담이 조용한 음성을 말했다.

"그렇습니다! 전 영원히 당신의 친구입니다!"

강철이 엎드린 채로 말했다.

"일어나라! 친구야!"

정미담이 말했다.

강철은 천천히 일어섰다.

강철의 두 눈.

그렇게 맑고 순순할 수가 없었다.

세상에….

저게 생을 위한 무기란 것인가.

빛의 무기라고……!

세상에서 가장 강한 무기라고……!

모두들 정미담을,

강철을,

신기한 눈으로 바라보았다.

"그렇다 해도 문제가 있어!"

벽화이도가 말했다.

자하경은과 둘이 세상에서 가장 강한 무기란 것이 정미담이 방금 보여준 빛의 무기란 것을 놓고 맞나 아니나 하는 의견을 말하고 있었다.

"문제라니?"

자하경은이 물었다.

"그냥 멀리서 전파총으로 죽이려고 하면 막을 수 없잖아?"

벽화이도가 물었다.

벽화이도 생각은 먼 거리에서 정미담을 향해 전파총을 발사하면 어떻게 막겠느냐 묻는 것이었다.

"그, 그렇구나!"

자하경은이 영미를 바라보았다.

영미의 답을 바라는 눈이다.

"킥킥…… 발사해보면 알잖아!"

영미가 생글생글 웃었다.

"……!"

벽화이도와 자하경은이 영미를 바라보며 의문을 가졌다.

"발사해 보라니까? 미개한 무기로 미담이 위치나 나타나려고."

영미가 생글생글 웃으며 말했다.

"……!"

벽화이도가 얼른 품에서 전파총을 꺼내 정미담을 추적해봤다.

"헉! 나타나지 않는다! 전혀."

벽화이도가 놀라는 표정으로 말했다.

"그럴 리가!"

자하경은도 품에서 전파총을 꺼내 시험해봤다.

역시 나타나지 않았다.

"킥킥. 그냥 눈으로 보면 보이는데 무기로 보면 나타나지 않는 것이 빛의 무기의 효과야. 그러므로 적이 전혀 공격을 할 수 없다는 것이지."

영미가 말했다.

"어떻게 그럴 수가? 그게 이론적으로 가능하니?"

자하경은이 벽화이도에게 물었다.

영미의 말을 믿기 힘들었기 때문이다.

"하기야. 활을 쓰던 시대에 광선총이나 전파총 운운하면 믿을 사람이 있겠어?"

벽화이도가 자하경은에게 되물었다.

"헤헤…… 그렇긴 한데. 이거야 원!"

자하경은이 고개를 살랑살랑 흔들었다.

"킥킥…… 상상의 세계가 미래 아니겠어."

영미가 생글생글 웃으며 주방으로 걸어갔다.

목이 말랐기 때문이다.

"빛의 무기라는 거 말이야. 그거 몸속에 넣는 것인가?"

자하경은이 정미담에게 물었다.

품속에 넣고 다니는 것도 아니고 손에 들고 다니는 것도 아닌 것 같으니 궁금하기도 했던 모양이다.

"과거 무협지에 나오는 무공을 접목시킨 무기이므로 그냥 무공이다, 생각하시면 돼요! 영미 언니가 공력이다, 뭐다 하는 것을 2,000년 내공을 보유했다, 하시던데. 자하경은 조카님도 1,500년 내공은 되신다 하시고?"

정미담이 대답과 동시에 물었다.

"에구! 그렇지. 언니의 동생이니 나에게도 이모가 되겠다. 조카라… 헤헤…… 맞아요. 1,500년 내공."

자하경은이 대답했다.

"이모라 하긴 좀 그렇네요. 아직 다른 분들과는 만나지도 못했으니 언니 동생을 하기로 한 사이도 아니고. 영미 언니의 친동생이 되기로

했으니…. 어떤 사이가 맞지?"

정미담이 영미를 바라보았다.

"경은이 이모가 맞지 뭘 그래? 나이가 무슨 상관이야! 경은이가 미담이 보고 이모라 부르는 게 맞아! 그렇게 해!"

영미가 말했다.

"알았어! 이모!"

자하경은이 얼른 대답했다.

입가에 미소가 가득 피어오르는 걸 보니 뭔가 재미난 생각을 한 모양이다.

정미담은 그런 자하경은이 정말 자신에게 이모라 부르는 것이 좋아서 미소를 짓는 것으로 착각했을까.

"내공으로 따지면 미담인 전혀 없지만, 아마도 3,000년 내공과 맞먹는 힘을 갖고 있다고 봐야 한다!"

영미가 말했다.

"우아!"

모두들 정미담을 부러운 눈으로 바라보며 탄성을 발했다.

특히 자하경은이 제일 기뻐했다.

아마도 정미담에게 500년 미래의 무기를 갖게 해달라고 조를 모양이다.

청유회.
d 비밀본부.
회의실.

벽면 전체에 20여 개의 대형 모니터가 켜져 있고

각 모니터에 청유회 중요 인물들이 나타나 회의를 진행하고 있었다.

모두의 가장 큰 관심사는 영미가 헤리피민의 배신으로 죽을 고비를 넘겼던 이야기들이다.

그런데,

한참 청유회 비밀회의를 진행하고 있는데

체슈틴이 갑자기 중요한 사건을 알려왔다.

방금 일어난 일이라 했다.

헤리피민과 노잉지란을 태운 영미의 전용 우주선이었던 그 문제의 우주선이 지구를 향하고 있다는 이야기였다.

비폭 31의 강력한 폭탄을 장착한 우주선.

단 3개면 지구는 가루로 변해 우주 공간에 먼지처럼 사라질 것이다.

체슈틴의 이야기는 헤리피민이 제정신이 아닌 상태에서 노잉지란에게 강제로 우주선에 태워졌다는 것이었다.

노잉지란이 그들 부족의 특수한 환각제를 수시로 헤리피민에게 복용시켜서 자신의 말을 거절 못 하게 정신적인 제압을 시켰다는 것이다.

그런 헤리피민이 영미를 우주 공간에 버리게 한 자신을 한탄하며 자살하려고 하자 노잉지란이 환각제를 많이 복용시켜서 혼수상태가 돼서 우주선에 태워졌다는 것이다.

아마도 노잉지란은 영미가 살아있다는 것을 알고 지구를 파괴하려고 우주선을 몰고 지구로 향하고 있을 가능성이 크다는 것이다.

그 우주선을 지금 체슈틴이 요정국 우주선으로 추적 중이라고 했다.

"체슈틴은 즉시 요정국 우주선을 회항하고 더 이상 추적하지 말도록! 다른 청유회 요원 모두 헤리피민이 타고 있다는 그 우주선을 추적하거나 제거하려고 하지 말 것. 내가 직접 헤리피민을 구출한다!"

영미가 그렇게 명령을 내렸다.

"감찰어사님! 다른 명은 다 들어도 이번만은 너무 위험합니다! 특히 비폭 31이 아직도 18기가 장착되어 있다고 하는데…… 자칫 잘못되기라도 한다면 지구는 어떻게 한단 말입니까? 그냥 헤리피민과 함께 우주선을 폭파하라고 백타성 황제께서 명을 내렸다 합니다! 그렇게 하십시다!"

체슈틴이 영미의 명을 완강하게 거부 의사를 밝혔다.

"체슈틴! 제발! 나를 한 번 더 믿어라! 헤리피민은 내 친구. 그가 제정신이 아니어서 노잉지란이 날 죽이려 했다 해도 그는 내 둘도 없는 친구다. 나는 그를 죽게 놔둘 수가 없다. 미담이하고 내가 직접 구하러 간다. 친구를 구하고 노잉지란과 우주선은 사라지게 할 것이다! 체슈틴! 한 번만 더 나를 믿고 명을 듣도록!"

영미가 체슈틴이 나타난 모니터를 바라보며 말했다.

"그렇다면! 먼 거리에서 계속 추적을 하겠습니다! 단 지구를 하루 정도 거리를 남긴 상태에서도 감찰어사님께서 헤리피민님을 구하고 우주선을 폭파하지 못하신다면 요정국 우주선에서 전파 폭탄을 발사할 것입니다!"

체슈틴이 한발 양보를 한 상태로 명을 따르겠다는 의사를 전해왔다.

결국 영미는 체슈틴의 의견을 존중해서 그렇게 하기로 했다.

"어떻게 빛의 1.2배 속도로 달리는 우주선에서 혼수상태로 있는 사람을 구해. 이건 말도 안 돼!"

자하경은이 영미를 바라보며 따지듯 말했다.

아무리 영미의 능력을 믿지만,

이번만은 영미 생각이 틀렸다고 본 자하경은이다.

> 1,000년의 문명을 보유한 우주선을
> 미개한 지구의 레이더가 추적이 될까?
> 스스로 자신을 감추는 기능이 있어서
> 눈으로 봐도 볼 수 없는 우주선이지.

제15장

악마의 출현

엄청나게 빠른 우주선에 누군가 탑승을 해야만 구하든 말든 할 것
이 아니냐, 하는 것이 모두의 공통된 생각이다.

모두의 걱정을 뒤로한 채.

영미는 정미담을 데리고 걱정하지 말라는 말만 남긴 채.

우주로 떠나갔다.

"체슈틴! 문제의 우주선이 태양열을 받지 못하면 몇 시간이나 버티지?"

영미가 우주 공간에서 체슈틴에게 연락을 취했다.

"잠시만요. 알아볼게요!"

체슈틴이 아마도 헤리쮸나 헤리향에게 물어보려는 모양이다.

잠시 시간이 흐르고

"약 이틀은 견딘다고 하네요!"

체슈틴이 연락을 취해왔다.

"좋아! 지금부터 태양광을 흡수하는 장치를 사용 못 하게 한다!"

영미가 체슈틴과 통신이 되어 있는 모두에게 말했다.

"지금부터라면? 벌써 문제의 우주선에 접근했다는 이야깁니까?"

체슈틴이 의아한 표정으로 물었다.

다른 사람들도 의아한 표정으로 영미의 대답을 기다리고 있었다.

"응! 우주선 옆에 붙어서 같이 움직이고 있는 중이야!"

영미가 생글생글 웃는 모습이 모두들 모니터에 나타났다.

"설마. 15일은 걸려야 지구에 도착할 예정인 우주선인데 빛의 1.2배 속도로 달려도⋯⋯! 우주로 떠나가신 지 이제 1시간도 안 됐는데 그게 말이 되나?"

자하경은이 믿을 수 없다는 투로 말했다.

모두의 표정이 다 그렇게 믿을 수 없다는 표정이 모니터에 나타났다.

"참! 참! 나 원 참! 500년 후에도 빛의 속도로 달리는 우주선만 있을까? 생각들하곤⋯⋯!"

영미가 생글생글 웃는 모습이 나타났다.

"허⋯⋯! 정말?"

자하경은이 기막히다는 표정으로 다시 물었다.

정말 믿어도 되느냐고 묻는 것인데

"지구에서 우주선을 달이라는 곳에 보내는 데 며칠이 걸린다고 하더라. 지구에 붙어서 빙빙 도는 별이 그 달이란 것인데, 그런 지구인들이 우주선이 빛의 속도로 달린다 하면 믿을까? 마찬가지야. 우리도. 지구보다 겨우 400년 앞선 우주선인데 우리보다 500년 이상 앞선 우주선의 속도가 어떨까? 생각해봐. 킥킥⋯⋯."

영미가 말을 하면서 웃었다.

믿든 말든.

모두에게 영미가 던진 그 한마디는 효과가 컸다.

더 이상 질문을 하지 않았던 것이다.

깊이 생각하는 자.

고개를 끄덕거리는 자.

고개를 갸우뚱하는 자.

포천.

p 병원.

특수병실.

수술대 위에 선녀가 누워있다.

심정균과 우석이 선녀를 내려다보고 수술대 옆에 서 있었다.

"넌 잠시 잠을 자고 나면 우리의 100년 지한을 풀어줄 힘을 갖게 될 것이다. 다시는 실패작을 만들지 않기 위해서. 너에겐 마음까지 수술을 할 것이다. 어떠한 외부의 힘에도 넌 영원히 나의 명만 따를 것이다. 자! 그럼 시작한다."

심정균이 우석을 바라보고 눈짓을 했다.

시작하자는 눈짓이다.

우석은 옆에서 수술 도구를 꺼내 심정균에게 주고 자기도 하나 들었다.

마치 긴 대롱에 매달린 초승달같이 생긴 칼이다.

이틀.

헤리피민을 태운 우주선은 이틀 동안 태양광 에너지를 흡수하지 못하자 차츰 속도가 줄며

우주 공간에 멈추기 시작했다.

영미는 입을 크게 벌렸다.

영미의 입속에서 손가락 크기의 사람이 하나 날아 나왔다.

날개가 달린 작은 사람이다.

"옆 우주선으로 가서 남자의 몸속에 있는 환각제를 제거해주고 우

주 밖으로 탈출하라고 전해줘!"

영미가 작은 사람한테 말했다.

"알겠습니다!"

작은 사람은 얼른 대답하고 즉시 작은 구멍을 통해 우주선 밖으로 나갔다.

"이모 그게 뭐야?"

영미의 행동까지 모니터로 지켜보던 자하경은이 물었다.

"내 비밀 무기야! 킥킥⋯⋯."

영미가 생글생글 웃었다.

"청유회에서도 그런 건 안 만든 것 같은데⋯⋯! 혹시 그것도?"

자하경은이 물었다.

그 작은 사람도 500년 문명이 앞섰다는 삼태성 친구가 준 것이냐고 묻는 것이다.

"맞아!"

영미가 대답했다.

"뱃속에서 뭐 하는 것이야?"

자하경은이 물었다.

작은 사람이 배에서 나온 것을 보고 묻는 것이다.

"내상이나 병균, 내 몸에 불필요한 것들을 치워주고 치료해주고 그런 일을 하지! 킥킥⋯⋯."

영미가 말했다.

그렇다.

그 작은 사람은 영미 내장에서 살아가는 사람이다.

상처를 치료해주는 것은 물론이고 병을 고쳐주고 불필요한 것들을

치워주고 살아가는 데 많은 도움과 건강을 책임지고 돕는 사람인 것
이다.

"햐! 세상에 그런 것도!"

자하경은이 놀랍다는 표정이다.

"언니! 저쪽 우주선엔 들어갈 틈이 없는 모양인데! 어쩌지?"

정미담이 당황해서 소리쳤다.

영미 몸에서 나간 작은 사람이 혜리피민이 탑승한 우주선에 들어가
려고 하다가 못 들어가고 지쳐있는 모습이다.

산소도 없고 우주 공간에서 버티기가 어려운 모양이다.

잠시 머뭇거리던 영미는 오른손 중지를 세워 혜리피민이 탄 우주선
을 향해 가리켰다

그런데

피시식.

영미 중지에서 하얀빛이 일직선으로 뻗어 나와 혜리피민이 탄 우주
선을 그대로 관통했다.

손가락 크기 구멍이 하나 생겼다.

이상하게도.

영미가 탄 우주선은 아무런 구멍도 나지 않았다.

신기한 일이었다.

"언니! 그게 이번에 사부님이 선물하신 무기지?"

정미담이 영미에게 물었다.

"ㄱ, ㄱ래!"

영미가 대답했다.

"사부님이 언니한테 3가지 선물을 주신다 했는데 하나는 저기 저 몸

속에서 생활하는 인간이고 또 하나는 방금 그 무기인데 나머지 하나
는 뭐야?"

정미담이 다시 물었다.

그렇다.

박유혁은 영미에게 3가지 선물을 줬다고 정미담에게 말했다.

3가지 선물.

그럼 나머지 하나는?

"아! 그거……! 킥킥…… 사실 무기는 소연 언니가 준 청린이란 무기
에 박유혁이 준 문명의 힘을 사용한 것뿐이야."

영미는 정미담을 바라보며 그냥 생글생글 웃기만 했다.

"언니!"

정미담이 영미가 말하기 싫어서 그냥 웃는다 생각하고 조금 서운한
표정을 지었다.

"헤리피민을 태운 우주선에 들어갔으니 아마 지금쯤 헤리피민의 의
식을 되찾게 돕고 있을 것이다! 내가 가서 데리고 와야 되겠다."

영미가 말했다.

정미담은 영미가 얼른 다른 곳으로 화제를 돌린다고 생각했다.

"쳇……! 내가 갔다 올게!"

정미담이 입을 삐쭉 내밀며 우주선 밖으로 나갔다.

헤리피민을 태운 우주선 문이 열리고 있었다.

손가락만 한 영미의 몸속 인간이 헤리피민 정신을 차리게 한 모양이다.

츄앙……

영미의 우주선은 순간이동을 하듯.

헤리피민을 구출하고 그 헤리피민을 태웠던.

노잉지란이 탄 우주선에서 멀리 이동했다.

"잘 가라! 노잉지란!"

영미가 조금은 안타까운 표정으로 말하며 다시 중지를 세워 노잉지란이 탄 우주선을 향해 가리켰다.

그런데.

이번엔 붉은빛이 일직선으로 뻗어나가는 것이 아닌가.

조금 전엔 하얀빛이더니.

이번엔 붉은빛이다.

콰콰쾅.

요란한 폭음과 함께

노잉지란이 탄 우주선은 산산조각이 나며 흩어져 버렸다.

애꿎은

근처의 작은 별이 서너 개 같이 가루가 되어 흩어졌다.

그 우주선에 탑재된 비폭 31의 폭발력 때문이다.

"미안해! 정말 미안해! 이 못난 친구를 용서해줘!"

헤리피민이 제정신을 찾고 영미를 향해 울면서 용서를 빌었다.

친구를 배신해야만 했던 자신이 죽기만큼이나 싫었다.

문명이 발달한다 해도. 미개한 인간들이 비밀리에 민간요법으로 전해시는 환각제를 삼낭하지 못했던 것이다.

서로 다른 문명으로 삶을 이어온 별들이기에 더욱 대처하기란 힘든 것이었다.

"어디로 갈 거니? 백타성에 데려다줄까?"

영미가 서서 침대에 누워있는 헤리피민을 안쓰러운 눈으로 내려다보며 물었다.

"아니! 그냥 너희들이 있는 지구로 같이 갈게. 거기서 쉬면서 우주선이 오면 그걸 타고 돌아갈게!"

헤리피민이 아직은 말하기도 힘겨운 듯 겨우 말을 이어갔다.

"연락하면 바로 지구로 우주선을 보내 줄 거야."

헤리피민이 말했다.

"알았다! 그럼 지구에 가서 좀 쉬도록! 잠시 토양성에가서 노잉지란이 남긴 허접한 단체 그들부터 없애주고 가야지. 광선총도 다 없애고."

영미가 화난 얼굴로 말했다.

"이제 그들 문제는 잊어. 그것도 순리인데 우리가 끼어들어 참견할 문제는 아닌 듯."

헤리피민이 말했다.

백타성.

지옥애.

시뻘건 화염이 솟아오르고

거대한 큰 돌로 된 가마솥엔 뭔가 검은 액체가 계속 끓고 있는 곳.

"호호호……"

간드러진 웃음소리가 끝날 줄 모르고 한동안 계속 들렸다.

돌로 된 의자 위에 앉아서 돌로 된 가마솥에 끓는 검은 액체를 바라보며 웃는 여자.

아래 위 모두 검은 옷으로 입고 머리가 길어 얼굴을 다 가려버린 여자.

그녀는 그렇게 한동안 웃기만 하였다.

"이제…… 준비는 다 끝났다. 마지막 남은 그 아이만 보태지면 약은 완성된다! 호호호. 어서오너라! 나의 몸을 영원히 늙지도 죽지도 않는 불로장생의 몸으로 만들어 줄 아이여. 호호호……."

검은 옷의 여자는 다시 간드러지게 웃기 시작했다.

휘잉.

작은 바람이 불며

그녀의 머리카락을 잠시 날렸다.

그런데

그녀는 다름 아닌 체슈틴이 아닌가.

너무 순간이라서 잘못 본 것인가.

뿌앙.

덜컹덜컹.

지구의 대한민국 서울 지하철.

하루 종일 수많은 사람들이 오가는 지구의 인간들이 이용하는 이동 수단 지하철.

한낮이라서 그런지

콩나물시루처럼 복잡하지는 않았다.

앉을 자리는 없어노 서 있을 공간은 그런대로 남아 있었다.

신설동역.

지하철역 상단에 그렇게 쓰인 간판이 걸려있었다.

그 간판 아래.

오,

아름답다.

세상에 저런 미인이 있다니.

오가는 남자들이 하나같이 쳐다보며 그렇게 생각하는 미녀.

흰 바탕에 검은 줄무늬가 세로로 이어진 짧은 치마에 녹색 상의를 입은 미녀.

선녀.

그녀였다.

여전히 그녀 어깨엔 날다람쥐가 엎드려 있었다.

또각······

또각······

선녀는 천천히 걸어서 지하철을 탔다.

종로 방향으로 달리는 지하철이었다.

와아.

선녀가 탑승하자 젊은 청년들이 환호성을 터뜨리며 선녀에게 몰려들었다.

"언젠가 본 하늘을 날아다니는 그 선녀다!"

누군가 선녀를 알아보고 소리쳤다.

그 소리가 신호탄처럼.

객차에 탔던 승객들 거의 다 선녀에게 몰려들어 관심을 보였는데

"나에게 흑심은 품은 인간들의 눈을 뽑아 버리겠다!"

선녀.

그들이 본 그 아름다운 선녀의 목소리는 표독하기만 하였다.

선녀의 손에서 여섯 개의 유리구슬 같은 둥근 환이 공중에서 빙빙 도는가 싶더니,

크아아악.

지하철 객차 안은 온통 비명과 피비린내가 진동하기 시작했다.

공포.

신설동에서 종로 방향으로 이동하는 지하철 안에서는 차마 눈 뜨고 못 볼 참극이 벌어지고 있었다.

남녀노소 가리지 않고.

무작정 눈을 파고 죽이고.

살육이 벌어졌다.

서울 시내는 물론 전국이 공포에 떨었다.

아름다운 선녀란 이름의 여자.

그 여자의 손에서 빚어진 참극.

하루 동안 수천 명이 다치고 죽고 했다.

경찰은 물론,

군인까지 그녀를 잡기 위해 총동원됐다.

동에 번쩍.

서에 번쩍.
선녀란 여인은 그렇게 매일 닥치는 대로 죽이고 다치게 하였다.

불과 3일.
서울 거리는 모든 것이 멈췄다.
차량도 움직임을 멈췄고
사람도 보이지 않았다.
모두 선녀를 피해 숨은 것이다.
오로지 군과 경찰만 서울 시내를 이 잡듯 뒤지고 있었다.

여의도에 선녀가 나타났다.
모든 경찰과 군인들은 일제히 여의도로 포위망을 좁혀갔다.

탕탕탕.
요란스러운 총소리가 들렸다.
공중에 붕 떠 있는 선녀.
지상에서 수많은 군경들이 일제히 총을 쏘기 시작했다.

팅팅팅.
총알은 모조리 선녀의 몸 근처에서 옆으로 튕겨져 날아갔다.
공중에 떠 있던 선녀가 손을 마치 파리 쫓듯이 휘휘 저었다.
마치 거대한 폭풍이 밀려오듯.

거센 바람이 군경들을 휘감아 올렸다.

회오리바람이라도 스쳐 갔나.
군경들은 마치 낙엽처럼 바람에 날려 한강으로 처박혔다.

치지지직.
특집 보도를 하던 모든 TV 방송들이 일제히 화면이 바뀌며
남자의 모습을 나타냈다.
심정균.
그였다.

지금부터
나는 지구를 정복하려고 한다.
모두 보았듯이 선녀 그 아이와 같은 인조인간이 나에겐 50명이
있다.
먼저 내가 머물고 있던 대한민국부터 손에 넣을 것이다.
즉시 무기를 내려놓고 나를 왕으로 모신다면 더 이상 죽음은 없
을 것이나,
반항할 경우 10일 안에 모두가 시체로 변할 것이다.

심성균은 TV 채널을 이용해서 지구 정복의 야망을 모두에게 알렸다.
공포를 조장하려는 생각이었다.
전국은 물론 전 세계가 아직은 어느 미치광이 말인가 할 정도로 믿

는 눈치는 아니었지만,

바싹 긴장하는 것은 피할 수 없는 현실이었다.

선녀의 살육이 시작된 지 4일째.

심정균의 말대로 여기저기서 한꺼번에 50명의 인조인간들이 나타나서 살육을 하기 시작했다.

총탄에도 전혀 상처 하나 입지 않는 인조인간들.

그들은 희귀한 무기로 사람들을 살육하기 시작했는데

지지지직.

다시 TV 화면이 흔들리며 이상한 곳이 나타났다.

서서히 비치는 사람.

모든 국민들은 일제히 TV 화면을 바라보았다.

이번에 나타난 사람은 요즘 툭하면 나타나서 공포를 조장하던 심정균이 아니었기 때문이다.

강원도 횡성

안흥찐빵마을.

강줄기를 따라 깊숙이 계곡으로 들어간 작은 마을.

민준길.

시골에서 홀어머니를 모시고 살아가는 성실한 청년.

그의 단 하나뿐인 혈육 어머니는 약 한 달 전 저세상으로 갔다.

이제 혈혈단신.

얼마 되지 않는 시골 농토를 처분하고

서울로 올라가려던 그 청년에게도
TV 화면은 눈에 들어왔다.

"햐! 기막힌 미인이다. 내 이상형이야! 너무도 귀엽고."
민준길이 입에 침까지 흘리며 바라보는 TV 속 화면엔
영미가 나타나 있었다.
"결정했다! 나의 목표를. 난 반드시 저 여인과 결혼을 할 것이다."
민준길은 나이 23살에 처음으로 한 가지 목표를 갖게 됐다.
영미는 전 세계 TV 채널을 모두 자신의 공고문을 내보내게 만들어
버렸다.
심정균이 대한민국 채널만 이용한 것과는 차원이 달랐다.

여러분!
나는 천국성이란 별에서 지구에 한 가지 사건을 조사하기 위해 내려온 감
찰어사 정영미입니다.
이름과 글이 대한민국에서 사용하는 한글과 같은 이유는
나의 선조님들이 옛 조선시대 분들이었기에 그렇습니다.
조선시대,
인종 임금님의 절친인 저희 선조님들은
진쿡 암행어사 식부를 수행 중 외계인에게 납치되어
우여곡절 끝에 천국성이란 별에서 정착하게 되었습니다.
지구보다 적게는 400년 많게는 900년 이상 문명이 발달한 별에서

앞선 문명으로 발달한 과학의 힘을 이용, 지구를 정복하겠다는 어리석은 생각을 갖고 있는

지금 살육을 벌이는 자들은 천국성에서 교묘한 방법으로 지구로 추방한 자들입니다.

약 100년 전,

선조님들의 유지(전국 암행어사 직무)를 실현하고자 지구의 대한민국으로 내려온 어사를 호위하라는 명을 내려 모두 10명을 공식적으로 지구로 추방했으나

자기들끼리 패싸움으로 다 죽고 현재 단 한 명.

바로 여러분들에게 지구 정복이니 뭐니 하면서 살육을 하는 그자만 살아 있는 것입니다.

물론 그자를 추방하기 위해 9명을 더 희생시킨 것입니다.

9명 모두 그자를 추방하기 위한 속임수를 기꺼이 받아들여 희생을 한 사람들입니다.

본인은

바로 그자가 아직 살아있을 가능성이 있어서

그자의 행방을 찾기 위한 감찰어사입니다.

천국성에서도 감찰어사직을 맡고 있습니다.

이제부터 나는 여러분들에게 공포를 안겨준 그자를 잡아갈 것입니다.

천국성에서 잠시 생각을 잘못한 까닭에 지구에 피바람을 일으키게 만든 점 사과드리며,

빠른 시일 안에 범인을 사살하고 여러분들의 안정된 생활을 할 수 있게 만들겠습니다.

또한,

그자가 살육을 해서 피해를 본 가족들에겐 지구의 최대 보상 요건에 맞춰서 충분한 금액을 보상해드릴 것입니다.

선조님들의 유지를 받들어 대한민국을 돕고 지구의 평화를 도와드려야 할 우리 천국성에서 큰 실수를 저질러 많은 희생자를 낸 이번 사건에 대하여 깊이 유감을 표합니다.

범인을 잡기 위해 잠시 여러분들에게 시끄러움과 혼잡스러움을 줄 수도 있으니 많은 양보 부탁합니다.

또한,

하찮은 무기나 전투기 등을 동원하였다가는 많은 희생자만 생기게 되므로 여러분들은 모든 것을 본인에게 맡기고 구경만 하시면 됩니다.

방어를 한답시고 군인들을 동원할 경우 범인을 잡는 데 방해만 되므로 조금만 참고 기다려주시길 바랍니다.

감사합니다.

천국성 감찰어사 정영미.

영미의 공고문은 전 세계를 강타했다.

핵폭탄보다 더욱 강력한.

그 어떤 회오리바람보다 더욱 강한.

엄청난 힘으로 세계인들을 꼼짝 못 하게 만들었다.

전 세계 언론들은 인조인간들의 살육 현상 녹영상과 영미의 공고문 화면을 번갈아 내보내며

'악마를 잡으려고 내려온 신이다', '어린 소녀의 모습으로 보아 요정이

다' 등등.

영미를 신으로 추앙하기 시작했다.

그리고

그 기대를 저버리지 않고

불과

3일 만에 인조인간 50여 명이 체포 또는 사살되는 현장을 전 세계 인들은 직접 동영상으로 보았다.

여러분.

살육을 일삼던 인조인간들은 모두 사살되었으나

아직 선녀란 이름을 갖고 있는 여자와 그들의 우두머리들은 잡

지 못했습니다.

그들은

조금은 잡기가 어려울 수도 있으니 시일이 걸릴 것입니다.

조금만 더 여러분들의 협조가 필요합니다.

부탁합니다.

영미가 다시 전 세계 TV 화면을 차지하고 나타나 짧은 말을 한마디 하고 사라졌을 때, 모두들 그 목소리를 신의 목소리로 찬양하기 시작 했다.

그렇게

전 세계의 이목이 영미의 모습과 목소리에 집중되고 있을 때,

강원도 횡성에서 작은 이삿짐차가 서울로 향했다.

민준길.

그는 묘하게도

영미가 머물고 있는 근처로 이사를 오고 있었다.

지구보다 몇백 년 앞선 문명의 세계에서 온 영미가 사용하는 무기에 많은 관심을 갖고

전 세계의 군사, 무기 전문가들이 비밀리에 대한민국으로 몰려오기 시작했다.

그런 것들을 이미 눈치 챈 영미. 다시 TV 화면에 나타나서 무기에 관하여 설명을 하기 시작하였다.

몰려와서 귀찮게 하는 것보다 미리 이야기를 해주는 것이 좋다고 생각한 영미인데….

여러분!

지금 본인이 사용하는 무기에 관하여 관심을 갖고 비밀리에 본인을 찾아오는 사람들이 많은 것으로 압니다.

그리하여 미리 무기에 대하여 설명을 할 것입니다.

지구보다 약 200년 앞선 문명에서는 여러분들이 사용하는 화약을 이용한 무기가 아니라 레이저광선을 이용한 파괴용 무기가 유행했다면,

지구보다 약 400년 앞선 천국성에선 전파를 이용한 무기로서 파괴는 하지 않고 장애물도 상관없이 적의 심장만 멈추게 하는 무기를 사용하고 있습니다.

그러나,

더욱 앞선 문명의 세계에서는 사람을 죽이는 것이 아니라 살리

우주에서 온 소녀의 21세기 암행어사 ❼

는 무기를 사용하고 있습니다.

우선 본인이 사용하는 전파무기는

지구의 어느 곳 누구라도 죽일 수 있는 사정거리가 무려 1초당
빛의 거리에 달하는 것으로 지구에서는 어느 곳이든 사정거리
에 들어 있다고 보시면 됩니다.

이곳에서 살육을 일삼던 죄인들을 다 잡고 돌아갈 때엔 견본으
로 대한민국에 이 무기를 기증하고 돌아갈 생각입니다.

선조님들의 유지도 있고

같은 종족으로서 도움이 된다면 그 무엇이든 기증하고 갈 생각
입니다.

여러분들이 특히 궁금해 하시는 우주선은 태양열을 이용하는
단계에서 열석이라는 특수한 광석의 열을 이용하여 빛의 2~3배
속도로 우주를 달릴 수 있었으나 지금 본인이 사용하는 우주선
은 지구에서도 흔한 자석을 이용한 우주선으로서 영하 250도
차가운 우주 공기를 에너지로 흡수해서 순간 충전을 하며 빛의
10배 속도로 달릴 수 있는 우주선입니다. 우주는 너무도 넓고
거대해서 그렇게 달려도 그 끝을 다 달릴 수는 없지만,

본인이 살아가는 천국성이란 별에서 지구까지는 단 하루면 올
수 있는 거리입니다. 자석은 지구에 흔하지만 그 자석의 힘을
막을 수 있는 광석이 지구엔 없으므로 여러분들이 말하는 에너
지로 사용할 수 있을지는 모르겠습니다.

여러분들도 무한한 연구를 통해 스스로 개발해나가면 빠른 시
일 안에 본인이 살아가는 천국성에도 놀러 오고 다른 별에도

여행을 할 수 있는 시대가 올 것이라 생각합니다.

영미는 그렇게 지구인들이 궁금해 하는 것을 대충 설명해줬다.
그렇게 설명해주면 지구인들이 몰려와 귀찮게는 안 하겠지, 하는 생각이었는데 오히려 지구인들의 호기심만 키웠다.

선녀와 심정균 부자는 영미의 위력 앞에 깊숙이 숨어버린 모양이다.
영미와 자하경은이 계속 찾고 있었지만, 흔적을 찾을 수 없었다.
저녁 무렵
수민이가 영미를 찾아왔다.
"스승님께 드릴 말씀이 있습니다."
수민이가 심각한 표정으로 말했다. 영미는 수민이 표정을 살피며 말없이 수민이가 다음 말을 할 때를 기다리고 있었다.
"지구에는 핵무기란 것이 있습니다. 이번에 악마들이 한국에 나타났다는 것을 알고 지구의 강대국이란 나라들이 그 핵무기를 우리 한국을 향해 발사하려고 했던 것으로 드러났습니다. 이는 악마들과 한국인들을 모두 죽이려는 수작이었지요. 강대국이란 나라들은 자기들만 핵무기를 보유하고 약소국가들이 핵무기를 보유하려면 온갖 협박을 하며 못 갖게 하고 이미 가지고 있는 나라들 것도 폐기하라고 협박을 합니다. 자기들은 보유하고 있으면서 지구를 지킨다는 명분을 내세우죠."
수민이가 잠시 말을 끊고 영미를 바라본다. 영미는 입가에 미소를 머금고 있었다.
"스승님께선 이미 알고 계셨군요?"

우주에서 온 소녀의 21세기 암행어사 ❼

수민이가 영미 미소를 보고 물었다.

"스승님 아이큐가 얼만데 그걸 모르겠어?"

옆에 지수가 한마디 하며 미소를 지었다.

"그럼? 이미 해결 방법도 아셨는지요?"

수민이가 다시 물었다.

"그들이 그 핵무기란 것을 사용하지 못하게 서둘러서 선녀와 야두리혁의 인조인간들을 잡아들인 것이야."

영미가 당연하다는 투로 대답했다.

"네? 선녀도요?"

이번엔 지수가 놀라 물었다.

"응. 이미 잡아서 고쳐놨어."

영미가 대답했다.

"고쳤다면? 그 사악한 마음을 고쳤다는 것이죠?"

수민이가 알겠다는 투로 물었다.

"그래! 그리고 백타성엔 비폭이라는 무기가 있지. 전설의 무기 천뢰에서 착안한 것인데, 번개를 압축시켜서 폭파하는 것인데 그 폭발력이 지구엔 3개만 터지면 지구가 흔적도 없이 가루가 되는 강력한 힘이지. 그렇다 해도 백타성에선 우주 전을 대비해서 보유하고 있을 뿐. 우주에서 가장 선량한 심성을 가진 사람들이라 다른 별에 해를 끼치지 않지. 허나 그런 무기도 역시 악마에게 들어가면 안 되니깐. 하나의 장치를 해뒀어. 지구의 핵무기도 그런 장치가 필요할 것 같아. 해서이미 6개월 전부터 연구를 한 것이 있지."

영미가 문 쪽을 바라보며 입가에 미소를 지었다. 문이 열리며 지류단경이 들어왔다.

"제가 설명드릴게요. 어사님 분부로 바이러스를 연구하고 있었어요. 이 바이러스는 오로지 핵무기만 부식시키는 바이러스에요. 이미 완성했고요. 곧 실용시킬 것입니다."

지루단경이 환한 미소로 말했다.

"네? 벌써요? 이런 사실이 알려지면 강대국들이 다시 핵무기를 발사하려고 할 겁니다. 비밀이 지켜질까요?"

수민이가 놀라면서 자신의 생각을 말했다.

"이미 각국으로 바이러스를 보냈어요. 며칠 내로 지구에 핵무기를 먹는 바이러스가 인간들 모르게 소리소문없이 핵무기를 전부 청소할 겁니다."

지류단경이 자신 있게 말했다.

"하! 정말 스승님은 신이십니다."

수민이가 엄지손가락을 치켜들며 존경스러운 눈으로 영미를 바라보았다.

"하지만, 바이러스가 핵무기를 청소한다고 없어지지는 않아. 인간들은 늘 다른 사람보다 자신이 강해지기를 바라지. 그런 이유로 더욱 강한 무기가 만들어질 것이야. 누가 먼저 만드느냐. 그게 권력의 향방을 좌우할 것이고. 해서 한국에 전파총과 우주선 기술을 전해주고 가려는 것이지. 뺏기지 말아야 할 텐데……. 선녀와 정림이 지켜주길 기대할 수밖에."

영미가 묘한 표정으로 말했다.

"네? 선녀와 징림씨가? 그게 무슨 말씀이세요?"

지수가 의아한 표정으로 영미를 보며 물었다.

"선녀도, 정림씨도 아마 지구에 남을 것이야. 그래야 한국의 전파총

이나 우주선 기술을 지킬 수 있을 것이고. 음…… 또, 어사 직무 수행
도 해야 할 것 같고. 킥킥…… 아무튼 그래."

영미가 말을 마치고 킥킥 웃었다. 수민이도 지수도 영미 얼굴만 바
라보며 고개를 갸웃거렸다.

큰 느티나무 그늘 아래 오래된 우물이 있는 곳.

서울의 유명한 공원이다.

h 공원.

영미가 임시 머물고 있는 곳 근처이기에 영미는 이곳에 자주 온다.

영미가 혼자 이곳에 나타났다.

뭔가 생각을 해야 할 일들이 있을 땐 반드시 영미 혼자서 이렇게 공
원을 찾았다.

뭔가 깊은 생각에 잠겨 느티나무 그늘 아래 놓여있는 통나무 의자
에 앉아있던 영미를 바라보는 눈길이 있었다.

3명.

모두 20대 청년들이다.

"내가 바람잡이 역할을 할 테니 넌 저 요정의 무기를 훔쳐라!"

가장 나이가 많아 보이는 20대 청년이 말했다.

"넵! 수창 형님!"

머리가 덥수룩한 20대 청년이 대답했다.

"정길이가 실패를 하면 바로 다음엔 네가 2차로 요정의 주머니를 털
어라!"

수창형님이라고 방금 청년이 말을 한 나이가 가장 많아 보이는 20

대 청년이 다시 말했다.

"알았어!"

머리를 스포츠형으로 깎은 덩치가 큰 청년이 대답했다.

"자, 시작하자!"

수창이라는 청년이 같이 온 두 명의 청년들에게 말을 하고 먼저 앞으로 나섰다.

영미를 행해 조심스럽게 다가가기 시작했다.

"수창이 저 요정에게 고의적으로 부딪혀 미안하다고 사과를 하면서 시선을 끌 때 넌 요정의 무기를 훔쳐라! 네가 실패하면 2차로 내가 주머니를 털 것이다!"

스포츠형 머리의 청년이 말했다.

정길이란 청년은 고개를 끄덕거리며 수창이란 청년의 뒤를 5미터 정도 거리를 두고 따라가기 시작했다.

그런데,

이들 3명의 뒤에서 그들의 대화를 다 듣고 있는 청년이 있었으니

민준길.

바로 강원도 횡성 땅에서 이곳으로 이사를 온 시골 청년이다.

탁.

"어이쿠! 이거 죄송합니다! 어디 다친 곳은 없나요?"

수창이란 청년은 고의적으로 영미와 부닞히고는 영미의 옷을 툭툭 털어주면서 수선을 피우기 시작했다.

빠른 시간.

정길이란 청년이 영미의 품속을 훑고 지나갔다.

그러나,

정길이란 청년은 고개를 갸우뚱하며 스포츠형 머리를 한 청년을 바라보았다.

실패를 했다는 것이다.

"괜찮습니다!"

영미가 수창이란 청년의 손길을 피하며 얼른 말했지만,

수창이란 청년은 집요하게 따라붙으며 영미의 옷을 다시 털어주기 시작했다.

"그래도 부딪히셨는데 다치신 곳은 없나 보세요!"

수창이란 청년이 다시 영미의 시선을 흩어놓기 시작하는데

그 순간을 놓치지 않고 스포츠형 머리를 한 청년의 손이 영미의 주머니에 들어갔다.

"헉!"

스포츠형 청년은 소스라치게 놀라며 비명을 질렀다.

마치 갈고리처럼 강한 힘이 자신의 손목을 쥐고 있었기 때문이다.

"감히 누구의 주머니를 털려는 것이냐?"

고함을 치며 빙긋이 웃는 청년.

스포츠형 머리 청년의 눈에 비친 시골뜨기.

바로 민준길이다.

"이, 이런!"

수창이란 청년과 정길이란 청년은 물론이고 스포츠형 머리 청년은 어이가 없었다.

소매치기 경력 몇 년 동안 이런 경우는 처음이기 때문이다.

스포츠형 머리 청년은 왼손에 면도칼을 들고 민준길의 얼굴을 향해 빠르게 그어갔다.

복수를 하려는 것이라기보다는 민준길의 손에 잡힌 손목을 빼내려는 것이다.

"큭!"

민준길은 스포츠형 머리 청년의 손이 얼굴을 훑고 지나갔을 때 비명을 질렀다.

온통 얼굴이 면도칼로 난도질을 당한 것이다.

비명과 함께 민준길이 스포츠형 청년의 손을 놓자 스포츠형 머리 청년은 재빨리 도망쳐버렸다.

"이봐요!"

사태를 파악한 영미는 얼른 민준길을 부축해서 거처로 옮기기 시작했다.

헉헉.

멀리까지 도망을 친 3명의 청년들.

어두운 골목길에 들어선 그들은 안심을 하며 털썩 주저앉았다.

TV에서 수없이 본 영미.

전파총인가 뭔가 지구 어디에 있어도 죽일 수 있다 했는데

3명의 청년에게는 무서운 공포가 밀려왔다.

이제 그들은 영미가 죽이려고 하면 언제든 죽을 것이라는 생각은 모두 같았다.

그러기에 더욱 죽음의 공포가 밀려왔다.

"호호호…… 겨우 여기까지 도망 왔냐?"

간드러진 웃음과 함께.

아름다운 여인이 그들 앞에 나타났다.

"으으으…… 우린 이젠 죽었구나!"

3명의 청년들은 모두 같은 생각을 하며 나타난 여인을 바라보았다.

아래위를 하얀 옷으로 입은 미녀.

심정림.

영미를 비밀리에 호위하는 그녀.

"사, 살려주세요!"

3명 청년들은 무릎을 꿇고 엎드려 두 손을 싹싹 비벼댔다.

이미 TV에서 인조인간들을 제거하는 그녀의 능력을 직접 본 그들이었다.

특히 손속이 잔인하다는 평을 모든 이들에게 들은 그녀.

그러므로 더욱 3명의 청년들은 공포에 떨었다.

그런데,

심정림의 손이 한번 움직이고 3명의 청년들을 움직이지 못하게 만들어 놓고 심정림은 연기처럼 사라졌다.

"어……! 무슨 일이지!"

청년들은 어리둥절해졌다.

끼이익.

자동차 급브레이크 소리가 들리며 승합차 한 대가 그들 청년들 앞에 섰다.

문이 열리고

청년들 두 명이 내려서 움직이지 못하는 소매치기 청년들을 승합차에 모두 태우고 빠르게 떠나갔다.

"이제 마지막 방법을 사용할 차례가 왔다."

심정균은 호피무늬 소파에 앉아서 맞은편에 앉은 아들 심우석에게
말했다.

"마지막 방법이라면?"

심우석이 의아한 표정으로 물었다.

"스스로 붙잡히는 것이다."

심정균이 담담하게 말했다.

"네에? 그게 무슨?"

심우석은 이해할 수 없다는 표정으로 다시 물었다.

"내가 영미란 계집아이 하나 죽이지 못해서 이렇게 당하고만 있겠
느냐?"

심정균이 아들 우석에게 빙긋이 미소를 지으며 되물었다.

"a와 b만 이용해도 죽이는 거야 쉽겠죠."

우석이 당연하다는 투로 대답했다.

"그래! 그렇다. 그러나 나에겐 반드시 필요한 것이 우주선이다. 우주
선을 구해야 하거든. 사실 지구를 정복한다 하는 것은 너무도 어려운
문제다. 인구가 너무 많아! 그들을 다 통솔하기란 너무도 어려워. 그러
니 나를 이곳으로 추방한 그년을 죽여야 하고 정복도 쉬운 천국성으
로 돌아가야 한다. 그게 내 꿈이야. 난 천국성을 너에게 주려고 한다.
빈드시 들아가아 해."

심정균이 말했다.

"스스로 잡히는 것과 천국성으로 돌아가는 것과 무슨 상관이 있

어요?"

심우석은 아직도 이해가 안 간다는 투다.

"우리가 잡히면 그 아이 영미는 우리를 천국성으로 압송할 것 아니냐?"

심정균이 다시 심우석에게 되물었다.

"아닐걸요. 바로 처형할걸요!"

심우석의 생각은 바로 그랬다.

심정균의 생각과 틀렸던 것이다.

영미가 바로 처형하고 천국성에 제거했다고 보고만 할 것이라 생각했다.

"아니다! 그 아이는 반드시 우리를 천국성으로 압송할 것이다."

심정균은 확신하듯 말했다.

"어째서 그렇게 생각하세요?"

심우석은 믿을 수 없다는 표정이다.

심정균은 빙긋이 미소만 지었다.

선녀.

그녀의 이름은 선녀.

그러나

악독한 인조인간으로 통한다.

깊은 지하실에 처박혀 시간만 보내던 선녀.

그녀 앞에 3명의 청년들이 끌려 들어왔다.

바로 소매치기들인데.

영미 주머니를 털려고 하다가 심정림에게 혈을 제압당해 움직이지 못하게 된 상황에서 청년들에게 납치된 소매치기들.

"햐! 고것들. 심심풀이로 그만이겠는데."

선녀가 소매치기 3명을 바라보며 야릇한 미소를 지었다.

"으으으…… 우린 이제 죽었다. 저건 바로 그 악녀. 이름만 선녀인 악녀다."

소매치기들은 TV 화면으로 수없이 본 선녀의 살육 현장 때문에 온몸을 부들부들 떨었다.

이미 삶은 포기한 지 오래다.

제발 얼른 고통 없이 죽여주기만 바랄 뿐.

'젠장. 이럴 줄 알았다면 그 요정 손에 든 무기에 죽는 게 편했을 텐데'

죽음의 고통을 놓고 소매치기들은 뒤늦은 후회를 하고 있었다.

"수술 도구를 준비해라!"

선녀가 소매치기들을 데리고 온 청년들에게 소리쳤다.

"넵!"

청년들은 일제히 대답하며 지하실 옆문을 열고 다른 방으로 들어 갔다.

청년들은 바퀴가 달린 수술대를 밀고 선녀 앞으로 왔다.

"한 놈씩 옷을 벗기고 수술대 위에 눕혀라!"

선녀가 다시 청년들에게 말했다.

"네!"

청년들은 대답과 동시에 얼른 소매치기 한 명을 질질 끌고 수술대 옆으로 와서 옷옷을 빗기고 수술대 위에 눕혀서 꽁꽁 묶었다.

재수 더럽게 없는 소매치기.

바로 스포츠형 머리를 한 소매치기가 첫 번째로 수술대 위에 올라간 것이다.

"호호호…… 저놈은 간이 쓸 만하겠어. 담배를 안 피운 것 같으니 말이야! 간하고 머리에든 뇌만 꺼내고 갔다가 버려!"

선녀가 간드러지게 웃으며 청년들에게 말했다.

"으악! 살려주세요!"

이제야 자신이 왜 수술대 위에 눕혀졌는지 알게 된 소매치기는 비명을 질렀다.

"입부터 막아! 시끄럽네!"

선녀가 얼른 청년들에게 소리쳤다.

버둥버둥.

꽁꽁 묶이고 입까지 막힌 소매치기는 수술대 위에서 고통에 버둥버둥하다가 실신을 하고 말았다.

시뻘건 피가 흥건하게 수술대 위를 적시며 바닥으로 떨어졌다. 지켜보던 나머지 소매치기 두 명은 이미 정신 줄을 놓은 지 오래다.

사각사각.

자신의 동료 머리를 자르는 톱질 소리에 두 눈을 허옇게 뜨며 기절하고 말았다.

"다른 놈!"

선녀가 자신들을 수술대 위에 눕히라는 명을 들었는지 못 들었는지. 소매치기들은 이미 실신을 한 상태였다.

"어, 언니!"

정미담이 영미의 침실로 뛰어들며 소리쳤다.

"왜? 왜 그렇게 호들갑이야?"

영미가 정미담을 보며 물었다.

영미는 침대에서 일어나 앉아 허공에 신기루 모니터를 만들고 컴퓨터로 천국성과 통신을 하던 중이었다.

매일 인사처럼 보고를 하는 영미. 영미의 보고를 받는 사람은 다름 아닌 태상황후 정주아. 태상감찰부의 수장이기도 한 태상황후.

"그자가 제 발로 찾아왔어!"

정미담이 말했다.

"그자라니?"

영미가 물었다.

"심정균이라고 하던, 정인균인가 뭔가 그자 말이야!"

정미담이 말했다.

"뭐라고? 야두리혁 그자가? 지금 어디 있어?"

영미가 벌떡 일어서며 물었다.

"밖에. 강철과 심정림이 막고 있어."

정미담이 말했다.

영미는 급히 밖으로 달려 나갔다.

영미가 임시로 거처로 쓰는 곳.

높은 아파트 단지고 빌딩 숲을 이루는 곳.

아파트 상가.

복잡한 곳이 오히려 안전하다는 판단 아래 이곳을 임시 거처로 사용하고 있었다.

그 상가 앞마당에 심정균 아니 정인균이 나타난 것이다.

그렇게 영미가 찾으려고 애쓰던 그자가

아들 우석을 데리고 둘이 나타났던 것이다.

"어째서……?"

영미가 의아한 표정으로 정인균에게 물었다.

"왜 스스로 나타났느냐 이 말이지?"

정인균이 영미에게 되물었다.

"그래요! 왜? 우리들을 다 상대해도 이길 것이라 여기셨나요?"

영미가 물었다.

"아니! 난 스스로 너에게 자수하러 왔다네. 이제 반항을 안 할 테니 죽이든 살리든 네 맘대로 하게!"

정인균이 두 손을 내밀며 묶으라는 시늉을 했다.

"잘못 생각하셨군요! 난 당신들을 천국성으로 압송하지는 않습니다. 여기서 바로 사살할 것입니다!"

영미가 오른손 중지를 세우고 말했다.

공포의 무기.

그것은 영미의 오른손 중지였다.

때론 붉은빛이, 때론 청색 빛이. 몇 가지 색깔의 빛이 나타나는지 헤아릴 수 없는 빛의 무기.

영미가 정인균을 사살하겠다는 뜻이다.

우석은 아버지 정인균을 바라보며 그것 보라는 표정을 지었다.

이젠 어떻게 하겠느냐고 묻는 표정도 함께 섞여 있었다.

그런데,

정인균은 미소를 짓고 있었다.

"천국성 태상황후에게 보고는 해야 하지 않을까?"

정인균이 영미에게 물었다.

"그런 것 필요 없다! 당신을 만나면 무조건 죽이라는 명을 이미 받았으니까."

영미가 단호하게 말했다.

죽이겠다는 의지엔 변함이 없다는 표정이다.

"일단 묶어놓고 보고를 한 다음 사살해도 될 텐데."

정미담이 방에서 영미의 작은 컴퓨터를 들고나오며 말했다.

영미는 특수한 밧줄을 이용해서 정인균 부자를 꽁꽁 묶었다.

인공지능을 갖춘 로봇 밧줄이다.

절대로 끊어지지 않는 밧줄.

"그자와 그의 아들을 천국성으로 압송하라!"

뜻밖에 태상황후 정주아는 그런 명을 영미에게 하달했다.

영미는 약초 수집을 위해 근처 우주에 있던 독문 우주선을 급히 지구로 불러서 정인균 부자를 압송할 준비를 마쳤다. 압송을 하는 우주선에 같이 탑승할 사람으로 벽화이도와 정미담이 내정됐다.

늘 천국성으로 가고 싶다던 심정림은 무슨 일인지 영미를 호위하겠다고 스스로 남았다.

자하경은과 주주덕하, 지류단경은 영미의 우주선을 타고 삼태성에 심부름을 간 상태이므로 흰새 시구엔 없었다. 영미의 우주선도, 자하경은도, 지구엔 없이. 영미와 강철, 심정림 이렇게 3명이 남아 있었다.

밤.

지구에서 멀리.

우주선은 정인균 부자를 태우고 우주를 날고 있었다.

영미는 피곤한 몸을 침대에 뉘고 깊은 잠에 빠졌다.

영미의 방문을 소리 없이 열고 들어서는 그림자가 있었으니,

강철이다.

"흐흐흐…… 무체가 어떤 무기도 막는다고? 천만에 그런 무체를 뚫고 들어가는 칼이 나에게 있다는 것을 넌 모를 것이다."

강철은 징그러운 미소를 지으며 손에 든 단검을 쳐들고 영미에게 다가갔다.

"크윽!"

비명과 함께 영미가 눈을 번쩍 떴다.

강철의 손에 들린 단검이 빠른 속도로 몇 차례 영미의 몸을 찌르고 있었다.

"오, 오빠!"

영미가 힘겹게 강철을 부르다가 이내 고개를 옆으로 떨어뜨렸다.

여전히 눈은 강철을 원망의 눈빛으로 바라보며……:

쾅.

문이 떨어져 나가며 심정림이 뛰어들었다.

강철의 비수가 심정림을 향해 움직이고 심정림의 몸에서 피가 튀었다.

한 마리 나비는 이미 강철을 공격하고 있었다.

초이.

심정림과 영미를 인식하는 나비.

영미의 위험을 느끼고 심정림을 이곳으로 인도한 것인데
영미가 이미 죽은 것을 느낀 초이.
무섭게 분노하기 시작했다.

추퍽.
나비는 강철의 몸을 마치 빛이 통과하듯 이리저리 수없이 통과하며
수많은 구멍을 남겼다.
그때, 파란색이 일직선으로 날아와 강철의 몸을 통과했다.
비명도 없이 강철의 몸은 바닥에 쓰러졌다.
"무기를 완성했더니 쓸모가 있었네."
언제 나타났는지 수민이가 파란색 광채가 나는 뾰족한 무기를 들고
서 있었다.
심정림은 품에서 뭔가를 꺼내 강철의 시신 위에 뿌렸다.
푸시식……
강철의 시신은 누런 액체만 남기고 사라졌다.
심정림은 얼른 영미를 들쳐업고 밖으로 사라졌다. 수민이도 심정림
을 따라갔다.

선녀.
이름만 선녀인 그녀.
그녀는 지하실에서 혼자 왔다 갔다 하면서 누군가를 초조하게 기다
리고 있었다.
쾅.
지하실 문이 열리며 급히 사람이 하나 뛰어 들어왔다.

영미를 업고 있는 심정림이다. 온몸이 피로 젖어 있었다.

"얼른 수술대를 준비하라!"

선녀가 소리쳤다.

청년들이 수술대를 끌고 선녀 앞에 갖다 놓고 영미를 그 위에 눕혔다.

"이미 죽었잖아! 너도 많이 다쳤고."

선녀가 영미 상태를 살피더니 심정림을 보며 말했다.

"영미님을 살릴 수 있겠어?"

심정림이 선녀에게 물었다.

"헌데 영미님은 자신이 이렇게 될 줄 알았나? 어찌 나에게 저 소매치기들을 이곳에 데려다 준비하라고 했지?"

선녀가 신기하다는 투로 말했다.

검은 보자기에 유리 조각을 뿌려 놓은 듯.

수많은 별들이 반짝이며

아름답게 우주를 연출하고 있었다.

독문의 우주선.

벽화이도가 통신용 핸드폰을 들고 지구와 통화를 하면서 무척 놀라고 있었다.

"뭐라고? 정림씨 그게 무슨 소리에요? 감찰어사님이 죽다니? 그게 무슨 말이에요?"

벽화이도의 놀란 소리에 정미담이 벽화이도 옆으로 달려왔다.

심정균과 심우석은 유리관 속에 갇혀서 꼼짝도 못 하지만 이야기는 다 듣고 있었다.

심정균과 심우석의 얼굴엔 회심의 미소가 번지고 있었다.

"무슨 말이에요?"

정미담이 벽화이도가 통화를 하는 소리를 듣고 달려와 확인하듯 물었다.

"감찰어사님이 조금 전 강철에게 가슴을 비수로 7번이나 찔려 돌아가셨답니다!"

벽화이도가 믿을 수 없다는 표정으로 말했다.

"그럴 리가? 언니는 무체를 입어서 비수에 찔리지 않는데… 어떤 무기도 상처를 입힐 수 없는데……!"

정미담 역시 믿을 수 없다는 표정이다.

"아무리 보물이라고 하지만 언제나 상극이 있기 마련이잖아요!"

벽화이도가 불길한 표정을 지으며 생각을 말했다.

"아무리 그렇다 해도……!"

정미담이 그렇게 말하며 유리관 속에 갇힌 심정균과 심우석을 번갈아 바라보았다.

"크크크…… 맞다! 그 비수는 무체만을 뚫을 수 있게 만든 무기다! 크크크…… 내가 만들어 강철에게 주고 왔다. 그의 정신도 다시 되돌려놓고."

심정균(정인균)이 통쾌하게 웃으며 말했다.

"으으으……."

정미담이 분노하며 온몸을 부르르 떨었다.

"놈 통쾌하게 웃었겠나. 네놈들을 여기 우주에 넌져 버리고 지구로 돌아갈 것이다!"

벽화이도가 사각으로 된 단추를 누르려는 시늉을 하며 심정균에게 소리쳤다.

순간 심정균과 심우석의 얼굴이 굳어졌다.

"그래요. 감찰어사 언니가 죽었으니 굳이 태상감찰어사부의 명을 이행할 필요가 없죠. 저놈들을 여기다 던져 버리고 얼른 지구로 돌아가요."

정미담이 벽화이도에게 얼른 단추를 누르라는 표정을 지으며 말했다.

"자, 잠깐!"

심정균이 다급히 소리쳤다.

"뭐냐?"

정미담이 화난 표정으로 심정균을 노려보며 물었다.

"태상감찰어사부 명을 거역하면 모두 천국성으로 돌아갈 수 없을 텐데? 지구에서 살려고? 미개한 별에서 100년을 살아보니 그건 죽기보다 싫더군! 잘 생각해보게."

심정균이 야비한 미소를 흘리며 말했다.

하지만 그건 정미담과 벽화이도의 분노에 기름을 붓는 꼴이었다.

"저것들 유리관 속에 산소를 모두 빼버려요."

정미담이 화가 나서 심정균과 심우석에게 고문을 시작했다.

유리관 속에서 산소를 모두 빼버리고

모든 구멍을 다 막아 버렸다.

산소가 없어지자 심정균과 심우석은 혀를 내밀고 죽어가기 시작했다.

거의 죽어 가면 산소를 조금 넣어주고

다시 산소를 막아 버리고

정미담은 서서히 심정균과 심우석을 죽여주기 시작했다.

"어디 또 주둥이를 놀려봐라!"

정미담이 반쯤 죽어서 축 늘어진 심정균을 들여다보며 말했다.

아직도 분이 풀리지 않은 듯 무척 화가 난 정미담은 호흡까지 거칠게 내쉬고 있었다.

"그냥 죽여서 우주에 버리자!"

벽화이도가 정미담이 너무 잔혹하게 고문을 하자 보기가 좀 그랬던 모양이다.

"아냐! 이것들은 백타성까지 갈 동안 계속 이렇게 혼내줄 거야!"

정미담이 좀처럼 화가 풀리지 않는 모양이다 벽화이도의 말을 들으려 하지 않았다.

"백타성? 그럼 지구로 돌아가지 않고?"

벽화이도가 정미담을 바라보며 의아한 표정으로 물었다.

"백타성 체슈틴에게 간다!"

정미담이 말했다.

"……?"

벽화이도가 정미담을 믿을 수 없는 표정으로 바라보았다.

"……!"

심정균은 축 늘어진 몸을 유리관 속에서 일으키며 정미담을 묘한 눈으로 바라보았다.

심정균의 눈은 복잡하게 변하더니 반짝, 이채를 띠었다.

"아무튼 백타성까진 죽이진 않고 데려갈 모양이다."

심정균은 다행이란 생각인가.

무척 안심하는 표정이나.

심정균이 들어있는 유리관엔

초록색 연기가 가득 찼다.

우주에서 온 소녀의 21세기 암행어사 **7**

정미담이 집어넣은 것인데

심정균은 무척 고통스럽게 온몸을 뒤틀며 신음 소리를 내기 시작했다.

심우석이 들어있는 유리관 속엔

붉은 연기가 가득 찼다.

역시 정미담이 넣은 것인데

심우석은 고통스럽게 기침을 하며

눈물 콧물 다 흘리기 시작했다.

"흠! 이건 별로 고통스럽진 않겠어? 그치?"

정미담이 벽화이도에게 장난스럽게 물었다.

"응! 다른 걸 시험해봐!"

벽화이도가 웃으며 말했다.

"알았어!"

정미담이 말했다.

"아버지. 이상하잖아요."

심우석이 옆 유리관 속에 있는 심정균을 바라보며 입만 뻥끗뻥끗하면서 말을 전달했다.

"뭐가?"

심정균 역시 입만 움직여 물었다.

"정미담이 저게 벽화이도에게 반말을 한다는 것이. 아깐 존댓말을 쓰더니."

심우석이 다시 입만 움직여 말을 전달했다.

"알고 있다!"

심정균이 고개를 끄떡이며 말을 전달했다.

"요건 사람 몸에 수분을 모조리 빼내는 약인데 젊은 놈한테 시험하자!"

정미담이 작은 약병을 들고 심우석이 갇힌 유리관에다 붓기 시작했다.

유리관 속은 하얀 연무로 가득 차기 시작했다.

심우석의 몸에서 비 오듯 땀이 흐르기 시작했다.

"요건! 사람의 피를 흐르지 않고 멈추게 만드는 것인데 얼마나 견디나 늙은이한테 써 봐야지!"

정미담은 유리병을 하나 들고 심정균이 들어있는 유리관에다 붓기 시작했다.

유리관 속은 노란 연무로 가득 찼다.

심정균 몸은 서서히 검게 변하기 시작했다.

심정균은 고통스러워 온몸을 뒤틀기 시작했다.

온몸이 검게 변하기 시작하는 심정균(정인균).

고통스럽기도 하겠지만 입을 꽉 다물고 있었다.

정미담은 다시 맑은 액체를 유리관에 부어 먼저 약품을 중화시키고 다시 다른 약물을 넣고.

그렇게 열심히 심정균과 심우석을 잔인하게 고문을 하고 있었다.

그런 상황을 보기 싫어서인가.

벽화이도는 이미 앉은 자세로 잠이 들어 있었다.

선녀.

이름만 선녀인 그녀는.

심정림이 업고 온 영미의 시신을 수술대 위에 올려놓고 어찌할 바를 몰라 안절부절못하고 있었다.

쾅……!

문이 박살이 나며 날아가고

몇 명의 사람이 뛰어 들어왔다.

"이모!"

통곡 소리를 내며 제일 먼저 들어온 사람은 자하경은이다.

"감찰어사님!"

뒤이어 주주덕하와 지류단경이 뛰어 들어왔다.

"이모는요?"

자하경은도 고개를 숙여 인사를 하고 급히 물었다.

무엇보다도 영미의 생사가 중요했기 때문이다.

"이미 돌아가셨어요."

선녀가 울먹이며 말했다.

"정림씨는 여기 왜 누워있어요?"

자하경은이 급히 되물었다.

"심정림님 장기가 필요해서."

선녀는 말끝을 흐리며 눈물을 주르륵 흘렸다.

자하경은이 영미와 나란히 누워있는 심정림을 보며 어떻게 된 상황인지 대충 알아차렸다.

"내가 그 자리에 누워있어야 하는데…. 정림 이모의 그 뜻 고이 간직할게요. 하지만 제가 왔잖아요. 백타성에서 3,000명이 넘는 요정들을 이모가 죽인 것을 다 살려낸 저예요. 제가 살릴게요."

자하경은이 심정림의 얼굴을 손으로 어루만지며 말했다.

"이미 영미님은 돌아가셨고 살릴 수 있는 유일한 것은 손상된 장기를 교체해야 하는데 맞는 장기는 오로지 정림님 혼자더라고요. 또 정림님 뜻이기도 하고요"

선녀가 말했다.

"다들 잠시 나가 있어요. 전 이모 살려야 하니까요."

자하경은이 정신을 차리고 수술 도구를 꺼내 들며 말했다.

"……!?"

주주덕하와 지류단경과 선녀가 자하경은을 보며 고개를 갸웃거리다가 밖으로 나갔다.

밖으로 나온 지류단경과 주주덕화는 안절부절못하고 왔다 갔다 서성이기를 1시간 정도. 방문이 열리며 자하경은이 나왔다.

"……!?"

모두 자하경은을 바라보며 눈으로 묻는다. 영미의 상태를.

"걱정 말아요. 푹 자고 나면 일어날 거에요. 허나 정림씨야말로 장기가 필요해서 못 고쳤어요."

자하경은이 우울한 표정으로 말했다. 모두 우르르 방으로 뛰어 들어갔다.

"세상에."

모두 한목소리로 놀랍다는 반응이다. 영미는 새근새근 잠들어 있었다. 몸에 상처도 없이.

"자하경은님이 수술의 천재라고 들었지만 이정도로 의신인 줄 몰랐네요."

지류단경이 놀랍다고 한마디 했다. 모두 동의한다는 듯 고개를 끄덕였다.

그때 방문이 열리고 정미담이 뛰어 들어왔다.

"……."

얼굴에 눈물범벅이 된 정미담이 영미 상태를 보고 다른 사람들을 바라본다. 어찌 된 영문인지 묻는 눈으로.

"자하경은님이 살렸어요. 근데……? 우주선 안 탔어요?"

다들 정미담이 우주선을 타고 야두리혁과 토목담향을 천국성으로 압송하는 것으로 아는데 갑자기 나타난 정미담으로 인해 어리둥절했던 것이다.

"아니 그냥 놀러 다니다가."

정미담이 오히려 어리둥절한 표정이다.

"그럼 우주선에 탄 정미담은 누구지?"

주주덕화가 말했다.

"큰일 났어요 누군가 정미담으로 변장해서 우주선에 탑승한 것이네요."

지류단경이 말했다.

"뭐 어차피 문제 될 것은 없어요. 어차피 그들은 가짜거든요."

자하경은이 말했다.

"가짜라니요?"

주주덕화가 물었다.

"변장을 해서 가짜들이 자수를 했던 것이지요. 이모도 이미 알고 있고요."

"그런데…… 왜?"

지류단경이 고개를 갸웃거리며 물었다.

"문제는 진짜 생사인의 제자와 부인이야. 그들은 가짜고."

자하경은이 말했다.

"그래요! 그들은 가짜예요. 진짜는 팔뚝에 × 자 칼자국이 나야 하는데 심정균의 팔뚝엔 그냥 문신이에요."

선녀가 말했다.

"자, 잠깐요!"

문으로 누군가 들어오며 말했다.

민준길이다.

영미가 치료를 해준 덕에 이젠 완치가 되어 있었다.

"누구세요?"

지류단경과 자하경은이 경계를 하며 물었다.

"영미님이 다쳤다고 데리고 온 사람인데 여기서 치료를 했어요."

선녀가 대신 설명했다.

"방금 팔뚝에 × 자 칼자국이라 했나요?"

민준길이 선녀를 바라보며 물었다.

"네! 그래요."

선녀가 대답했다.

"제가 봤어요. 팔뚝에 × 자 칼자국을."

민준길이 말했다.

"뭐라고요?"

자하경은과 선녀가 동시에 물었다.

"근데 그분은 여자던데."

민준길이 이상하다는 표정으로 말했다.

"여자라니요?"

지류단경이 다급히 물었다.

"제가 다쳤을 때 그분. 저 여자분."

민준길이 정미담을 손으로 가리키며 말했다.

"……! 그, 그럼! 혹시? 분홍색 옷을 입었던?"

선녀가 뭔가 눈치 챈 듯 물었다.

"네! 맞아요!"

민준길이 대답했다.

"이, 이런!"

선녀가 어처구니없다는 표정으로 안절부절못했다.

"왜 그래요? 그게 누군데?"

자하경은이 급히 물었다.

뭔가 불길한 예감이 들었던 모양이다.

"정미담으로 변장해서 우주선을 탑승한 거예요."

선녀가 말했다.

"그럴 리가!"

자하경은도 지류단경과 주주덕하도 믿을 수 없다는 표정을 지었다.

"그렇다면……! 벽화이도님은?"

선녀가 자하경은에게 물었다.

물론 자하경은 역시 알 리 없지만 답답해서 물은 말이었다.

"변장술의 1인자란 말을 잊고 있었군요. 정인균이 변장술의 1인자라 했는데."

자하경은이 긴 한숨을 쉬며 말했다.

"이럴 시간이 없어요. 자하경은님은 영미님 회복을 돕고 계세요. 우린 나가서 벽화이도님을 찾아봐야겠어요. 그분도 계시면 둘 다 변장을 해서 탑승한 것이네요."

선녀가 말했다.

"그럽시다!"

주주덕하가 선녀 의견에 찬성했다

백타성으로 향하는 우주선 안.

정미담은 여전히 유리관 속에 심정균과 심우석을 괴롭히고 있었다.

"이제 약도 다 떨어졌을 텐데?"

벽화이도가 의자에서 일어나며 말했다.

방금 잠에서 깬 것이다.

"그래! 이제 한 번만 더 하면 끝이다!"

정미담이 말했다.

"지금쯤은 지구에서 영미 고것 장례식 준비가 한창이겠지? 우리들 정체도 눈치 챘을 테고."

벽화이도가 말했다.

"크크크…… 아마도 그럴 거야!"

정미담이 징그럽게 웃으며 얼굴을 문질렀다.

아 그런데,

정미담이 얼굴을 문지르자 나타난 저 얼굴.

심정균과 같이 병원 의사로 있던 최태원 그자 아닌가.

벽화이도 역시 웃으며 얼굴을 문질렀다.

벽화이도 얼굴도 순식간에 머리가 하얀 노파로 변해있었다.

"내 정체는 알 수 있어도 당신 정체야 누가 알겠어?"

최태원이 징그럽게 웃으며 말했다.

손을 들어 머리를 긁적이너 웃는네.

그의 손목에 굵은 × 자 모양의 칼자국이 선명했다.

"호호호…… 다들 나야 죽은 줄 알고 있을 테니까. 당신과 함께 지구로 왔다는 사실은 아무도 모를 거야. 호호……"

백발 노파는 재미있다는 듯이 웃었다.

정말 백발 노파는 누구인가.

최태원. 아니 정인균. 생사인의 제자와 부부 사이 같은데.

"저놈들 이제 그만 키워도 돼. 우리들 상대를 할 자야 심효주뿐인데 이미 죽었을 테고. 살아있다 해야 마황단까지 복용한 당신을 이길 상대가 되겠어?

영미도 죽은 지금에서야 저놈들 키워봐야 우리 뒤통수나 치지."

백발 노파가 간교한 눈빛을 띠며 말했다.

"지금까지 37가지 약을 먹였으니 저놈들도 죽은 영미보단 강해졌을 거야. 흐흐…… 나 정인균의 제자가 그 정도는 돼야지, 안 그래? 여보."

정인균이 백발 노파를 보고 웃으며 말했다.

"호호…… 이제 됐어. 그만 키워도. 백타성에 간다고 했지? 이 우주선이? 거기 가면 아마도 심효주 제자가 하나 정도는 더 있을 거야! 강철이 말고. 고 계집년 제자부터 죽이고 천국성으로 가야지."

백발 노파가 사악하게 웃었다.

헌데 강철이 심효주의 제자였나?

그렇다. 심효주가 만든 옷이 완체였다. 그 옷에는 특별한 비밀이 있었으니, 그 완체를 입은 사람은 서서히 심효주의 노예가 되는 것이었다. 해서 강철은 서서히 심효주의 노예가 되고 심효주의 명을 따르게 되는 것이었다.

태상감찰어사부에선 이미 그 사실을 인지하고 영미로 하여금 강철을 죽이라고 명했던 것인데 영미는 차마 그러지 못하고 오히려 강철에게 당하고 말았던 것이다.

"아서! 거기서 사고 치면 우린 천국성에 가지도 못한다. 백타성 방위군과 싸우면 우리가 이길 것 같아?"

정인균이 말했다.

"아마도 우린 개죽음 당할 거야."

정인균이 다시 말했다.

"많이도 변했을 거야. 백타성도, 천국성도. 무려 백 년만이니깐."

백발 노파의 눈가에 반짝 이슬이 맺혔다.

"그렇겠지. 이제 열흘만 지나면 그리운 천국성에 당도할 거야. 8일이면 백타성에 도착하고 다음 날 천국성으로 가면."

정인균의 눈가에도 눈물이 살짝 흘렀다.

아무리 사악한 인간들이라 해도

자신들이 살던 별나라는 그리웠던 모양이다.

"백 년의 한을 모두 풀어 주겠다. 천국성을 접수하는 대로."

백발 노파의 입에서 한스러운 말이 새어 나왔다.

동감이란 듯 정인균 역시 눈을 반짝 빛내며 고개를 살짝 끄떡거렸다.

백타성.

요정국 체슈틴의 집무실.

천국성에서 손님이 와 있었다.

박영지.

천국성 정보국장.

정유회 비밀요원.

"그러니까, 이곳으로 오는 우주선 안에 그들이 타고 있다. 이거죠?"

체슈틴이 박영지를 보며 놀랍다는 표정으로 물었다.

"네! 그렇습니다! 죄송한 부탁이지만 백타성 방위군을 동원해서라도 반드시 그들을 제거해 주십시오."

박영지가 간곡한 부탁을 하고 있었다.

"방위군은 제 맘대로 움직일 수 없으므로 태자님에게 부탁해야 할 것 같습니다. 제가 태자님을 불러드리죠."

체슈틴이 말했다.

"감사합니다!"

박영지가 꾸뻑 고개를 숙여 인사를 했다.

"가서 태자님을 오시라 해라!"

체슈틴이 문 앞에 대기하고 있던 시녀들에게 명령을 내렸다.

시녀라 해도 요정국에선 모두 요정들이므로 고수라고 봐야 한다.

얼른 대답을 한 시녀는 번개같이 사라졌다.

우주선 안.

정인균이 유리관 속에서 심정균과 심우석을 꺼내 자유롭게 만들어 주고

백발 노파와 마주 앉아 이야기를 하고 있었다.

"이제 슬슬 시작할 때가 됐죠?"

백발 노파가 물었다.

"네! 그럼요! 이미 백타성이나 천국성엔 연락을 했어요."

정인균이 말했다.

"밀용성엔 제가 연락을 하죠."

백발 노파가 말했다.

밀용성.

백발 노파의 입에서 그 별 이름이 튀어나왔다.

동물의 왕국 밀용성.

언젠가 전임 감찰어사부 노인들이 조사를 하러 간다고 했던 그 별.

"밀용성에 공장이 있다는 것은 아무도 모를 것입니다. 역시 당신은 천재에요."

정인균이 백발 노파를 추켜세워 주고 있었다.

"그렇게 생각하면 당신이 더 천재죠. 나를 당신 사부에게 시집을 보낸 것도 당신이고 당신 사부를 자암옥에 스스로 들어가게 만든 것도 당신이고 나로 하여금 당신 사부의 비법을 모조리 훔치게 한 것도 당신이니, 나 토목담향보다 당신이 더 천재죠. 호호……."

백발 노파가 간드러지게 웃었다.

그런데,

토목담향이라 했던가.

아……! 그 행방을 알 수 없었던 생사인의 부인 토목담향.

백발 노파가 그녀였다니.

지구.

자하경은이 꾸뻑꾸뻑 졸며 영미가 누워있는 침대 앞에 앉아 있었다.

죽은 듯 누워있던 형미 눈썹이 파르르 떨렸다.

번쩍.

두 눈을 번쩍 뜬 영미.

스르륵 일어났다.

"이, 이모!"

자하경은이 영미의 인기척에 정신을 차리고 영미가 깨어난 것을 보며 눈물을 흘리고 있었다.

"울긴……! 이제 멀쩡하잖아!"

영미가 생글생글 웃어 보였다.

"피이…… 얼마나 걱정을 했는데 그래, 고작 강철 그 인조인간에게 당하냐?"

자하경은이 짐짓 화난 표정까지 지으며 영미를 와락 끌어안았다.

"켁켁…… 숨 막혀! 넌 그게 탈이야 뭐 조금만 이상한 일이 있으면 날 안아 숨 막히게 한단 말이야. 켁켁……."

영미가 너스레를 떨었지만 자하경은은 영미를 안은 팔을 풀지 않았다.

자하경은 두 눈엔 눈물이 주르륵 흐르고 있었다.

영미도 사실은 울고 있었다.

"스승님 많이 걱정했습니다."

수민이가 미소를 지으며 말했다.

"강철을 죽인 사람이 수민씨입니다."

자하경은이 말했다.

"오! 성공했군."

영미가 수민이를 보며 말했다. 수민이는 말없이 고개만 끄덕였다.

"참! 지류단경과 선녀, 주주덕하는?"

영미가 생각난 듯 자하경은에게 물었다.

"벽화이도 찾으러 나갔어. 우주선에 심정균 부자를 호송하는 자들은 정미담 이모와 벽화이도로 변장한 정인균으로 밝혀졌어."

자하경은이 모든 사실을 다 말해 줬다.

"찾으러 갈 필요 없어. 다들 오라고 연락해. 급히 오라고 해!"

영미가 미소를 지으며 말했다.

"이모! 알고 있던 거였어?"

자하경은이 물었다.

"자세한 이야기는 차차 해줄게. 얼른 다들 오라고 연락해!"

영미가 급하게 서두르므로 자하경은은 얼른 모두에게 돌아오라고 연락을 했다.

그 시각

백타성에서는

체슈틴의 집무실에 태자 혜리쮸가 도착해 있었다.

"태자님, 안녕하십니까? 저는 천국성 정보국장 박영지라 합니다. 처음 뵙겠습니다!"

박영지가 공손히 인사를 했다.

"아! 반갑습니다. 혜리쮸입니다!"

혜리쮸가 박영지 인사를 받으며 앉으라는 손짓을 하며 맞은편 의자에 앉았다.

"다름이 아니오라. 저희 천국성에서 대역무도한 죄인이 있었는데 100년 전에 지구라는 별로 추방시켰습니다. 그런데 그가 감찰어사님 정영미님을 죽이고 우구신을 타고 이곳으로 향하고 있습니다."

박영지가 말했다.

"그런데……! 영미님이 죽었다고요? 그게 사실입니까?"

헤리쮸가 화들짝 놀라며 물었다.

"네! 바로 그자가 천국성과 백타성에 있는 그자의 수하들에게 연락을 한 것이니 아마도 맞을 것입니다!"

박영지가 침통한 표정으로 말했다.

"그럴 수가! 영미님이 죽다니."

헤리쮸가 믿을 수 없다는 표정을 지으며 체슈틴과 박영지를 번갈아 바라봤다.

"영미님이 그렇게 쉽게 돌아가실 분이 아니니 더 기다려보죠."

체슈틴이 헤리쮸를 진정시키며 말했다.

"그럴 것이요! 영미님은 그렇게 쉽게 죽을 친구가 아닙니다."

헤리쮸도 스스로 마음을 진정시키며 박영지를 바라보았다.

다음 이야기를 하라는 표정이다.

"우주선 원격 폭파 장치는 이미 그자가 제거해서 그럴 수도 없고 자동조종장치로 이곳 백타성 우주공항에 3일 후 도착할 것입니다. 그들을 여기서 제거해주십시오. 물론 그자가 도착하는 시각에 그자의 수하들이 마중 올 것입니다. 그자의 수하들은 대단해서 백타성 방위군 수만 명과 첨단 무기가 아니면 그들을 제거할 수 없을 겁니다. 좀 도와주십시오. 그들이 천국성에 들어오면 수십만 명이 죽어야 끝날 것입니다. 태자님께서 좀 도와주십시오."

박영지는 간절하게 도움을 청했다.

"알겠습니다! 영미님 일도 그렇고 저도 그들에게 물어볼 것이 있습니다."

헤리쮸가 쾌히 수락했다.

"감사합니다!"

박영지는 공손히 일어서서 인사를 하며 감사의 뜻을 전했다.

그 시각 우주선,

"백타성에서 아마도 우리를 죽이려 할 것이에요."

토목담향이 의미심장한 미소를 지으며 말했다.

"당연하지요. 또 그래야 흥미롭고요."

정인균이 미소를 지으며 대답했다.

"9명의 늙은이들이 밀용성에 들어왔다는 것은 예상 밖이지만 그 늙은이들 때문에 백타성에선 방위군과 충돌을 피할 수 있을 것 같군요."

토목담향이 말했다.

"그들만 가지고는 좀 부족하지요. 하하하……."

정인균이 말했다.

"호호호……."

"하하하……."

토목담향과 정인균이 갑자기 재미있다는 듯이 웃기 시작했다.

그렇게 그들이 웃고 즐거워하는 시각.

지구에서는 영미가 자하경은과 지류단경, 주주덕하, 선녀, 민준길 등을 앞에 세워놓고 이야기를 하고 있었다.

"지금 급하게 백타성으로 가야 합니다. 자하경은과 선녀만 데리고 갈 테니 지류단경님과 주주덕하님은 지구에 남아서 민준길님과 강풍님에게 경은금융과 벽도그룹의 운영을 인수인계시키노록 하세요."

영미가 말했다.

"알겠습니다! 얼른 다녀오십시오!"

"몸조심하세요!"

주주덕하와 지류단경이 차례로 영미에게 인사를 했다.

"감사합니다! 제대로 인수인계를 마치도록 하겠습니다. 반드시 돌아오시길 기다리겠습니다!"

민준길이 눈물이 글썽이는 눈으로 영미를 바라보며 말했다.

"지금 급하게 백타성으로 그자를 쫓아가야 하므로 긴 이야기를 나눌 시간이 없습니다. 갔다가 와서 자세히 이야기를 하겠습니다."

영미가 얼른 말을 마치고 선녀와 자하경은과 함께 그 자리를 떠났다.

우주선으로 향하는 것이다.

삼태성의 빠른 우주선으로 따라가면 하루면 백타성에 도착을 할 것이다.

영미는 정인균이 타고 있는 우주선을 백타성에 도착하기 전에 격추시켜서 우주에서 마무리 지을 생각이었다.

빛의 10배 속도로 달리는 우주선.

인간의 눈으로 도저히 따라갈 수 없는 속도다.

어쩌다가 그 우주선을 목격했다면 아마도 순식간에 우주에서 사라진 빛 정도로 보았을 것이다.

영미가 지금 삼태성의 최신 우주선을 타고 빛의 10배 속도로 날고 있었다.

천국성 독문의 약초 수집용 우주선이 빛의 속도에 맞먹는 속도로 날고 있다면 그 열 배 속도로 뒤를 따르는 중이었다.

이미 5일 전에 떠난 우주선을 따라가려면 약 15시간 정도면 쫓아갈 수 있을 것이다.

영미는 그 토목담향과 정인균이 탄 우주선을 폭파시켜서 모든 상황을 종료하려고 마음먹은 것이다.

"정미담님과 벽화이도님은 어찌 된 일인지 말해준다면서?"

자하경은이 영미가 지구를 떠난 후 뭔가 고민에 빠져 있기만 하면서 입을 다물고 있자 궁금증을 참지 못하고 물었다.

"조금만, 조금만 더 기다려 주면 안 될까?"

영미가 아직 말하기 싫은 모양이다.

영미 눈치를 살피던 선녀가 자하경은 옆구리를 쿡 찌르며 말하지 말라는 눈치를 보냈다.

"이모!"

자하경은이 선녀의 만류에도 불구하고 영미를 독촉했다.

"정인균이 탄 우주선에 타고 있단 말이야."

영미가 악을 쓰듯 소리쳤다.

영미의 눈엔 눈물이 흐르고 있었다.

"아……!"

자하경은이 이제야 영미의 고민을 알고 한탄을 했다.

영미가 말도 못 하고 고민에 빠졌던 것은 바로 그것 때문이었다.

우주선을 우주에서 제거하면 정미담과 벽화이도가 같이 타고 있는 우주선이기에 그들도 희생되는 것이다.

아무리 크나큰 해를 막기 위한 것이라 해도 동생과 친구를 같이 죽여야 하는 영미 심정을

자하경은이 이제야 알고 영미에게 그것을 물은 자신이 너무 미안했다.

"어쩌다가? 그곳에?"

선녀가 안타깝다는 표정으로 혼자 중얼거리듯 물었다.

"변장술은 정인균만 할 줄 아는 것이 아니잖아."

영미가 작은 소리로 말했다.

"그렇다면?"

자하경은이 뭔가 눈치 채고 자신의 생각이 맞는지 묻고 있었다.

"그래! 네 생각이 맞아! 그래서 지구에도 벽화이도와 정미담을 변장해서 만들어놨고. 저들 첩자로 인해 들통날 것을 대비해서 말이야."

영미가 말했다.

"그럼, 아까 그 정미담은 누군데 그렇게 많이 울었지?"

자하경은이 고개를 갸웃하며 말했다.

"엥? 그렇게 많이 울었다고?"

영미가 이상하다는 표정으로 물었다.

"그래, 그렇다니깐. 누군데?"

자하경은이 다그치듯 물었다.

"킥킥…… 조카가 이모를 많이 걱정했나 보네."

영미가 킥킥거리고 웃었다.

"엥? 혹시 우리 소악녀 언니?"

자하경은이 물었다.

"그래, 소악녀야. 킥킥…… 심정림씨가 다칠 것을 예상하고 선녀님께 소매치기들을 준비하라고 지시했고 조카도 대기시킨 것이지. 나야 정은이가 살릴 것이니 걱정 안 했고. 킥킥……."

영미가 재미있다는 듯 웃는다.

"으아…… 그럼 이모는 이미 다 내다보고 있었다고? 강철이 다시 사악하게 변할 것도? 그런데… 소악녀 언니는 나를 보고도 아는 체도 안 하다니."

자하경은이 토라진 모습을 했다.

"그만큼 연기에 충실하느라 그랬겠지."

영미가 자하경은을 보며 고개를 끄떡거렸다.

"왜, 왜? 미담 이모와 이도는 왜 그랬어?"

자하경은이 영미를 보며 원망하는 표정으로 물었다.

"미담이와 이도가 원해서 그렇게 한 것이야!"

영미가 한숨을 푹 쉬며 말했다.

"원하다니요?"

선녀가 물었다.

"나도 몰라! 미담이가 뭔가 생각이 있는 모양이야!"

영미가 답답하다는 듯 가슴을 주먹으로 콩콩 치면서 말했다.

"모르다니? 그걸 말이라고 해? 이모!"

자하경은이 영미를 공격하고 있었다.

지금처럼 영미가 답답해 보이긴 처음이었던 모양이다.

"아마도 미담이는 정인균을 죽일 수 있는 방법을 찾으려는 모양이야!"

영미가 말했다.

"그래서 심정균으로 변장을 한 것이야?"

자하경은이 답답하다는 듯 물었다.

"아니! 심정균으로 변장한 것은 벽화이도고. 미담인 우석이로."

영미가 말했다.

그랬다.

우주선 안에, 유리관 속에 포토처럼 삽혀 백나성으로 이송되는 연극까지 한 심정균과 심우석은 벽화이도와 정미담이다.

서로 속이고 속고.

그렇게 독문의 우주선은 백타성으로 향하는 중이었다.

토목담향이 뭔가 눈빛을 빛내며 정인균에게 작은 소리로 말하고 있었다.

"당신 제자들 말이에요. 뭔가 이상해요."

토목담향은 심정균과 심우석의 행동에서 이상함을 느낀 모양이다.

"알고 있어요. 배신의 낌새가 보이면 죽여 버리면 그만이니 걱정 마세요."

정인균이 토목담향 말에 작은 소리로 답하고 있었다.

"아무리 그래도 우주선 안에서 너무 많은 내공을 만들어 줬어요. 그게 걱정이 되네요."

토목담향이 다시 작은 소리로 말했다.

우주선에서 각종 약물을 이용해서 심정균과 심우석에게 내공증진을 시킨 것을 말하는 것이었다.

"무황단을 내가 얻어 복용하고 그 효능을 흉내 내서 한번 시도했던 것인데, 아마도 1천 년 내공씩은 증진됐을 것이나 걱정할 필요 없어요. 당신과 나는 이미 어떤 무기나 충격에도 죽음과는 무관한 신체가 됐잖소. 우리를 죽이려면 오로지 전설의 무기 천뢰만 가능할 것이오. 그러니 아무 걱정 마시오."

정인균이 걱정 없다는 투로 말했다.

"그렇긴 하지만, 저 제자들 눈초리가 영 맘에 안 들어요."

토목담향이 뭔가 걱정이 남은 모양이다.

어떤 찌꺼기 같은 것이 남은 듯.

"천뢰. 만약 저들이 천뢰를 갖고 있다면?"

토목담향이 아직도 걱정을 떨쳐 버리지 못하고 다시 물었다.

"천뢰와 체력이 5천 년은 돼야 당신과 나를 죽일 수 있을 것인데 뭘 걱정하시오? 둘 다 저깟 놈들이 갖고 있다고 보기엔 좀 그렇지 않소? 하하……."

정인균이 토목담향이 걱정을 지우지 않자. 손바닥으로 어깨를 토닥거려주며 웃어 보였다.

"하긴, 그렇죠?"

토목담향도 걱정이 사라진 모양이다.

"그럼요! 하하……."

정인균이 토목담향 어깨를 손으로 감싸 안으며 웃었다.

"흠……! 천뢰와 5천 년 체력이라."

정인균과 토목담향 이야기를 엿들은 그림자가 혼잣말로 중얼거리며 급히 사라졌다. 헌데 우주선 한쪽 벽에 그림자가 하나 움직이고 있었다.

"스승님들은 왜 저렇게 변장을 하고 어느 별로 가는 거지?"

그림자는 혼자 중얼거렸다.

우주에서는 그렇게 서로를 속이고 속고 하면서 백타성으로 향하고 있을 때.

지구.

벽도그룹.

회장 시택 비밀 공간.

하얀 수술대 위에 심정림이 누워있었다.

그 수술대 양옆으로

지류단경과 주주덕하가 나란히 서 있었다.

그리고

그 수술대 앞에 서 있는 사람이 있었으니,

소악녀.

바로 그녀였다.

"심정균과 심우석을 데리고 와라!"

소악녀가 지류단경과 주주덕하에게 말했다.

"네!"

지류단경과 주주덕하는 동시에 대답하고 문을 열고 밖으로 나갔다.

드르르

수술대 두 개가 문을 열고 들어왔다.

두 수술대 위엔 심정균과 심우석이 나란히 묶여 누워있었다.

이미 마취가 된 상태인지 움직이지 않았다.

"다른 자들도 데리고 들어와라!"

소악녀가 다시 말했다.

문이 열리며 6개의 수술대가 다시 들어왔다.

수술대 위엔 젊은 청년들이 누워있었는데

모두 정인균의 인조인간들이었다.

"먼저 저 인조인간들부터 시작한다!"

소악녀가 말했다.

"네!"

주주덕하가 얼른 대답하고 인조인간이 누워있는 수술대 하나를 심정림이 누워있는 수술대 옆에 붙였다.

"이자의 심장이 가장 적합하다."

소악녀가 고개를 끄덕이며 칼로 인조인간 가슴을 열기 시작했다.

"윽!"

지류단경이 참지 못하고 구토를 하고 말았다.

"그래가지고 어떻게 내 제자가 되겠느냐? 쯧쯧."

소악녀가 한심하다는 듯 혀를 찼다. 헌데 소매치기들은 보이지 않았다.

사실 소매치기들은 겁만 주려고 선녀가 장난을 한 것이다. 이미 심정림이 많이 다칠 것을 대비해서 사로잡은 인조인간들을 대기시켜 놓고 있었던 소악녀. 소악녀는 지류단경을 제자로 삼았다. 그랬다.

지류단경을 제자로 삼아 공포의 의술을 가르치려고 오래전부터 비밀리에 지구에 남아있었던 소악녀.

그것을 아는 사람은 오로지 지류단경과 영미뿐이다.

지구를 떠난 지 불과 15시간.

삼태성의 최신 우주선은 빛의 속도로 달리는 천국성 독문 우주선을 따라잡고 있었다.

"그렇다면! 지금 지구에선 소악녀님이 수술을 하시고 계신단 말인가요?"

선녀가 영미에게 확인하듯 물었다.

이미 영미가 소악녀 존재를 말해준 후였다.

"그래!"

영미가 고개를 끄떡이며 대답했다.

"어떻게… 니도 모르게."

자하경은이 황당하다는 표정이다.

"놀라긴! 너의 부모님, 나의 언니와 형부도 지구에 계시는데. 소악녀를 가지고. 쯧쯧……."

영미가 장난스러운 표정으로 말했다.

"뭐라고? 이모! 그게 정말이야? 엄마 아빠도 지구에 계셔?"

자하경은이 영미가 장난하는 줄 알았던 모양이다.

묻는 표정이 큰 기대는 안 하는 표정이다.

"당연하지. 사녀와 마인이 없는 소악녀가 무슨 수로 그런 대수술을
하겠어?"

영미가 생글생글 웃으며 말했다.

"정말? 으앙…… 그런 걸 이제 말하면 어떡해?"

자하경은이 억울하다는 표정으로 울상을 지었다.

"미리 말했으면…… 네가 날 따라왔겠어? 이번 일에 네가 반드시 필
요하거든. 킥킥……."

영미가 다시 생글거렸다.

"왜?"

자하경은이 그렇게 묻듯 영미를 바라보았다.

왜 내가 필요하냐고?

자하경은이 다시 그렇게 표정으로 묻고 있었다.

"벽화이도와 정미담이 정인균의 인조인간들을 상대하려면 반드시
네 힘이 필요하니깐……! 난 정인균을 상대하기도 바쁘거든. 그러니
반드시 널 데려와야 했어. 그렇기 때문에 사녀님과 마인님 그리고 소
악녀의 존재를 미리 말하지 않았던 것이야!"

영미가 조금은 미안하다는 표정으로 말했다.

"으앙…… 내가 엄마 아빠를 얼마나 보고 싶었는데. 쳇!"

자하경은이 토라진 표정을 지으며 휙 다른 곳으로 가버렸다.

"호호호……."

선녀가 그런 자하경은을 보며 살포시 웃었다.

"정인균의 제2의 살수. 그게 선녀인 줄 알았는데."

영미가 선녀를 보며 그렇게 말했다.

"그렇게 될 뻔했죠. 호호…… 정미담님 사술이 아니었으면 아마도 그렇게 됐을 거예요."

선녀가 말했다.

"사술? 무슨 소리야? 정미담 이모가 사술을 쓴다고?"

다른 곳으로 갔던 자하경은이 불쑥 들어오며 물었다.

무척 화가 난 표정이었다.

"그럼! 정말 사람의 마음을 사로잡는 빛의 무기를 사용하는 줄 알았어?"

선녀가 미소를 지으며 물었다.

"이게 무슨 소리야? 이모?"

자하경은이 영미에게 물었다

"선녀 말이 맞아! 미담이는 삼태성의 스승 박유혁님에게서 한 가지 사술을 배운 것인데, 바로 생사인의 첫째 부인 심효주가 말년에 남긴 무공의 일종이야."

영미가 말했다.

"그럼, 빛의 무기니 뭐니 한 것은 다 거짓말이야?"

자하경은이 횡당하다는 표정이나.

"아니! 빛의 무기란 것은 삼태성의 비밀 무기라서 잠깐 정미담에게 빌려줬다가 다시 박유혁님이 회수해갔어. 물론 정인균을 잡는 데 별로 도움도 안 되는 무기라서. 내가 필요 없다고 했지."

영미가 말했다.

"왜? 필요 없다고 했어?"

자하경은이 못내 아쉬운 모양이다.

"걱정 마! 네가 갖고 싶다면 내가 하나 만들어 줄게."

영미가 생글거리며 말했다.

"쳇! 무슨 수로 이모가 그걸 만들어?"

자하경은이 영미가 장난을 한다고 생각한 모양이다.

"영미 언니가 만들 수 있어! 아직 모르는 모양이구나?"

선녀가 자하경은을 보며 물었다.

"뭐라고? 정말 이모가 만들 수 있어?"

자하경은이 선녀에게 묻고 영미에게 또 물었다.

"그래! 이미 삼태성 고급 정보들은 내 수중에 있어. 킥킥……."

영미가 생글생글 웃었다.

정말 그랬다.

박유혁에게 많은 것을 얻은 영미였고 타고난 재능이 있어서 이미 많
은 것을 알았을 것이란 사실을 자하경은이 뒤늦게 그걸 깨닫고 쓴웃
음을 지었다.

영미가 이미 그런 능력이 있다는 것을.

"저, 저건!"

우주 밖을 바라보던 선녀가 뭔가 발견하고 놀라 소리쳤다.

"저, 저런!"

영미가 선녀의 눈길을 따라 밖을 바라보고 황당하다는 반응이다.

"저게 어찌 된 일이지?"

자하경은도 황당하다는 표정이다.

백타성으로 향하는 독문의 약초 수집용 우주선은 백타성 우주 방위군 최강 전폭 우주선 21기에 의해 완전히 감싸져서
벌 떼처럼 움직이고 있었다.

"저게 무슨 일이야?"

자하경은이 독문 우주선을 발견하고 황당하다는 표정을 지었다.

"완전히 백타성 우주 방위군에게 포위돼서 움직이는데……!"

자하경은이 다시 말했다.

"백타성 우주 방위군은 뭐죠?"

선녀가 자하경은에게 물었다.

"앙! 백타성 우주 방위군은 아마도 우주 최강 군대일 거예요! 모르긴 해도 우리가 타고 있는 이 우주선도 상대가 안 될 거예요!"

자하경은이 말했다.

"그럼 어떻게 하죠?"

선녀가 다시 물었다.

"아마도 백타성에서 포로로 잡아 데려가는 모양이네요!"

자하경은이 말했다.

"아니야! 저건……! 정인균을 보호하려는 것이야!"

지금까지 밖을 살피던 영미가 말했다.

"보호하다니?"

자하경은이 영미에게 물었다.

"저 백타성 우주 방위용 전폭기들이 완전히 방어 태세를 취하고 움

직이고 있어! 우리가 공격 못 하게 보호를 하는 것이야! 아마도 정인균의 부하들 같아!"

영미가 말했다.

"그럴 리가?"

자하경은이 믿을 수 없다는 투다.

"봐라! 백타성 우주 전폭기들 비폭 30을 장착하고 그 발사대를 우리 우주선에 정조준하고 움직이잖아!"

영미가 말했다.

"어디……! 우아. 정말 그러네! 왜?"

자하경은이 이상하다는 반응이다.

"비폭 30은 뭔데요?"

선녀가 물었다.

"응! 비폭 31이 백타성에서 사용하는 폭탄 중 가장 위력이 강한 것으로 그거 한방이면 지구가 반쯤 날아갈걸. 그러나 비폭 30은 단 하나의 물체를 공격하는 폭탄으로 어떤 물체든 반드시 명중하고 가루로 만들 수 있는 위력을 갖고 있어."

영미가 설명했다.

"그, 그럼 우릴 공격 하면 어떡해요?"

선녀가 겁을 집어먹고 물었다.

"단점이란 게 있지. 킥킥…… 저들이 사용하는 비폭 30 발사대가 굼벵이라서 우리 우주선 속도를 못 따라오거든. 킥킥……."

영미가 키득키득 웃었다.

재미있어서 웃는 것이 아니다.

우주 공간에서 정인균을 제거하기가 어려워졌기 때문이기도 했지만,
무엇보다도 영미 고민을 해결해줬기 때문이다.

바로 정미담과 벽화이도를 죽이지 않아도 되기 때문이다.

"이렇게 된 이상 우리가 먼저 백타성에 가서 기다린다!"

영미가 말했다.

"얼마나 시간이 있을까?"

자하경은이 영미에게 물었다.

"아마도 우리가 백타성에 도착하고 2일 정도가 더 걸려야 정인균이
탄 우주선이 도착할 거야!"

영미가 말했다.

"우아! 우리가 엄청 빠르군요!"

선녀가 말했다.

"그래! 이제부터 나 영미는 죽은 것이다! 내가 미담이로 변장한다!"

영미가 말했다.

"옳구나! 언니가 백타성인가 하는 곳에 가서 살아 있는 것이 밝혀지
면 안 되니까 그렇죠?"

선녀가 알겠다는 뜻이 말했다.

자하경은과 영미가 서로 얼굴을 마주 보며 살짝 미소를 지었다.

미소의 뜻은.

그 정도 알았다고 좋아하는 선녀가 바보스럽다는 것이었다.

지구에선.

사녀와 소악녀가 온몸에 피투성이가 된 채

심정림을 살리기 위한 막바지 수술을 하고 있었는데,

마인은 이상한 행동을 하고 있었다.

눈을 흰 천으로 가리고 수술대 옆에 서서 피 한 방울도 묻히지 않은 채 말로만 잔소리를 하고 있었다.

그 이유는 심정림 몸을 모두 벗겨 버렸기 때문에 사녀가 마인 눈을 가려버린 것이다.

"늙은 주제에 어딜 처녀 몸을 보려고."

사녀가 한 말이 그랬다.

백타성 우주 전폭기들의 호위를 받으며 백타성으로 향하는 정인균과 토목담향.

속도는 영미의 우주선을 비교했을 때 느려 보이지만 빛의 속도로 달리고 있었다.

인간의 눈으로 확인하기는 어려울 정도로 그 속도는 무척 빨랐다.

단지 같은 속도로 달리는 우주선에서 관찰하면 그 실태가 잘 보이기 마련이다.

영미는 한동안 같은 속도를 유지하며 먼 거리에서 백타성 전폭기에 호위를 받으며 움직이는 독문의 우주선을 관찰하다가 백타성으로 향했다.

"저게 무슨 우주선이죠?"

영미의 삼태성 우주선을 바라보던 토목담향이 정인균에게 물었다.

"나도 첨 보는 우주선입니다. 아마도 우리를 따라온 것 같은데. 우리가 탄 우주선과는 비교도 안 되는 첨단 우주선 같소."

정인균이 우주선 밖으로 보이는 삼태성의 우주선을 유심히 관찰하며 말했다.

"부하들에게 저 우주선을 공격하라고 할까요?"

토목담향이 정인균에게 말했다.

"공격이 되겠소? 저 우주선은 우리 우주선보다 몇 배는 빠른 속도를 갖고 있는 것 같은데? 거기다가 지능까지 장착한 첨단 우주선이라."

정인균이 고개를 설레설레 저었다.

아무리 처음 보는 우주선이라 해도 정인균은 뛰어난 지능으로 그 정도까지는 알 수 있었던 것이다.

"햐!"

토목담향이 놀랍다는 탄성을 터뜨렸다.

삼태성의 첨단 우주선이 순식간에 그들 눈앞에서 사라진 것이다.

"엄청난 속도다……!"

정인균도 놀랍다는 표정이다.

"그냥 지나가는 우주선 같은데 어느 별에서 만든 것인지. 엄청나군요."

토목담향이 말했다.

"지나가는 것 같지는 않소! 아마도 백타성에 미리 가서 우리를 기다릴 것 같소! 우리를 따라온 것은 틀림이 없는데."

정인균이 알 수 없다는 표정을 지으며 뭔가 골똘히 생각하기 시작했다.

"혹시……!"

토목담향이 뭔가 생각난 듯 정인균을 바라보았다.

"왜? 뭔가 생각났소?"

정인균이 급히 물었다.

"우리가 변장했던 그 아이들 중 영미 동생인가 하던 정미담. 그 아이가 안 보였잖아요?"

토목담향이 말했다.

"아! 그 빛의 무기를 사용한다던 그 아이?"

정인균이 생각난 듯 두 눈을 빛내며 물었다.

"혹시 그 아이가 아닐까요? 삼태성인가 하는 600년은 앞선 별에서 뭔가 배우고 왔다던 그 아이가 혹시 그 별에서 우주선을 타고 왔다면……!"

토목담향이 자기 생각이 맞지 않느냐고 묻는 것이다.

"그래! 그럴지도!"

정인균도 토목담향 말이 맞았다는 표정을 지으며 고개를 끄떡거렸다.

"이것들은 뭘 하죠?"

토목담향이 정인균 제자들을 생각하고 묻는 것이다.

"지금까지 먹인 독을 제 것으로 만들기 위해 운공 중일 거요!"

정인균이 말했다.

정인균 말대로

변장을 한 정미담과 벽화이도는 우주선에서 정인균과 토목담향이 고문하듯 준 극독 내공을 자기 것으로 만들기 위해 열심히 운공을 하고 있었다. 둘은 서로 눈빛을 주고받으며,

이제 이틀 정도면 도착할 백타성에서 한판 전투를 준비하고 있었다.

"어서 와요!"

체슈틴은 정미담으로 변장한 영미와 자하경은과 선녀를 반갑게 맞

이했다.

"급해요! 어서 태자님부터 뵙게 해주세요!"

자하경은이 말했다.

"우주 전폭기 21기가 우주선을 보호하는 것을 말하시는 것이면 그럴 필요는 없어요."

체슈틴이 자하경은을 바라보며 뜻 모를 미소를 지었다.

"무슨 말씀이세요? 알고 계셨단 말인가요?"

자하경은이 이해할 수 없다는 투로 물었다.

"차차 알게 될 거예요! 자 그러지 마시고 우선 여기서 쉬고 계세요!"

체슈틴은 식탁 위에 음식이 가득 차려진 방으로 안내하며 말했다.

정미담으로 변장한 영미는 아무 말 없이 식탁 앞 의자에 앉았다.

자하경은과 선녀도 의자에 앉았다.

"잠시만 기다리세요."

체슈틴이 살짝 고개를 숙여 인사를 하고는 방 밖으로 나갔다.

텅.

체슈틴이 나가고 방문은 닫혔다.

그런데,

"어……! 이게 왜 이래!"

선녀가 갑자기 방이 움직이자 깜짝 놀라 소리쳤다.

영미와 자하경은도 방이 갑자기 흔들리며 어디론가 움직이고 있다는 것을 알고 의자에서 벌떡 일어섰다.

"함정이다!"

자하경은이 말했다.

"호호호…… 백타성 전폭기가 왜? 우주선을 보호하냐고? 그건 내가 시킨 것이야! 난 심효주 제자가 아니거든. 난, 바로 우주선에 타고 계신 정인균, 토목담향 두 분의 제자거든. 호호호…… 너희들은 그 공간 그대로 지옥애로 던져질 것이다. 잘 가라! 호호호……."

체슈틴의 통쾌한 웃음소리가 들리며 영미 일행이 들어간 방은 이미 지옥애로 던져진 듯 쏜살같이 아래로 떨어지고 있었다.

"으으으……."

선녀와 자하경은이 분노의 신음을 흘리고 있었다.

영미는 침착하게 내공을 끌어올려 자하경은과 선녀를 보호하고 있었다.

슈우우웅.

콰콰쾅.

엄청난 속도로 떨어지던 영미 일행을 가둔 공간은 폭발음과 함께 산산조각이 나고 영미의 내공으로 보호막을 형성한 채 자하경은과 선녀는 바닥과 10여 미터 위에 있는 오래된 나뭇가지에 걸려버렸다.

"이, 이모는!?"

겨우 정신을 차린 자하경은은 영미를 찾았지만 영미는 보이지 않았다.

다만,

영미 것으로 보이는 사각 물체 하나가 넓적한 솥 안에서 시뻘겋게 타들어 가고 있을 뿐이었다.

엄청난 열기로 모든 것을 태워버리는 솥.

그 크기도 무척 컸다.

"우리를 내공으로 보호하고 혼자 저곳에 떨어졌다면."

자하경은이 그렇게 생각하다가 고개를 세차게 가로 저었다.

"그럴 리가 없어! 이모가 그렇게 죽을 리 없어!"

자하경은이 자기도 모르게 그렇게 외쳤다.

이미 떨어진 식탁이나 방 조각들은 그 솥에서 다 타버린 후였다.

영미가 그 솥에 떨어졌다면 이미 재가 되었을 것이다.

"영미님은 누군가 구해서 저기 동굴로 들어갔어요."

언제 정신을 차렸는지 선녀가 말했다.

"네에? 누가요?"

자하경은이 급히 물었다.

"몰라요. 남자 같았어요!"

선녀가 말했다.

"언제요?"

자하경은은 선녀가 언제 정신을 차려서 그걸 봤느냐고 묻는 것이다.

"전 정신을 잃지는 않았어요! 솥에 떨어진 영미님을 그 남자가 바로 구출했어요."

선녀가 말했다.

"그런데 이상하네요."

선녀가 말했다.

"뭐가요?"

자하경은이 물었다.

"다른 것들은 이미 재가 되었는데 저 사각 물체는 뭔지 아직도 그대로 빨갛게 변해 있기만 하네요."

솥에 떨어진 영미의 사각 물체를 보고 말하는 것이다.

"……!"

영미는 자신의 등 뒤에서 체력을 주입하며 치료를 하는 의문의 사람에게 뭔가 묻고 싶은 것이 있었지만,

말을 꺼내지 못했다.

"엄청나다……!"

영미가 느끼는 것은 단지 그것이다.

이젠 기연을 얻어 약초나 어떤 제조된 약으로나 가능하다는 체력 증진.

그런데

지금 등 뒤에 있는 사람의 손에선 끊임없이 체력이 영미에게로 흘러 들어오고 있었다.

그냥 물이 흐르듯.

"아, 시원하다!"

마치 목마를 때 시원한 물을 마신 듯.

영미는 온몸이 그렇게 시원하게 느껴졌다.

"네 몸에 이 단약이 있더구나. 미완성된 무황단이지?"

등 뒤에서 불쑥 손바닥을 영미 옆으로 내밀며 남자의 목소리가 들렸다.

"네! 그렇습니다! 우선 구해주셔서 감사합니다!"

영미가 진정 감사한 마음으로 말했다.

"네 이름이 정영미?"

다시 그 남자 목소리가 들렸다.

"어떻게 제 이름을?"

영미가 물었다.

여전히 한쪽 손에선 영미의 등에 물이 흐르듯 내공을 주입하고 있
었다.

"널 구할 때 나뭇가지에 걸린 여자가 그렇게 널 부르더라!"

남자 목소리는 조금 떨리고 있었다.

"네! 맞습니다"

영미가 대답했다.

"부모님은?"

다시 등 뒤에 남자가 물었다.

"제가 4살 때 누군가에게 모두 피살됐어요. 오빠까지도."

영미의 눈에 눈물이 글썽거렸다.

부르르.

갑자기 등 뒤 남자의 손이 부르르 떨렸다.

"자! 이거 먹으렴."

등 뒤 남자는 손바닥에 뭔가 들고 영미에게 줬다.

"이, 이건!"

등 뒤 남자가 건네준 것을 받아 든 영미는 화들짝 놀랐다.

"그래 무황단이다. 이 지옥애엔 무황단을 만들 수 있는 약초들이 많
다. 그래서 난 여기서 무황단을 만들고 있었다."

등 뒤 남자가 말했다.

"어떻게 무황단을?"

영미가 무황과 그의 제자인 자신 아니면 알 수 없는 무황단 제조법
을 어찌 아느냐 묻는 것이다.

"네 오빠 이름을 아느냐?"

등 뒤 남자는 영미 물음에 답하지 않고 다시 물었다.

"정영국이라고 들었습니다."

영미가 말했다.

"그래! 내가 바로 그 정영국. 네 오빠란다."

등 뒤 남자가 떨리는 목소리로 말했다.

"네에? 우리 오빠라고요?"

영미는 화들짝 놀라서 얼른 돌아섰다.

"……!"

고개를 돌려 자신의 등 뒤에 있던 남자를 바라본 영미는 순간 모든 동작이 멈추었다.

더 이상 질문은 필요 없었다.

너무도 닮은 얼굴.

영미 얼굴과 거의 판박이.

영미는 얼른 정미담으로 변장한 모습을 풀었다.

영미 본래의 얼굴로 돌아온 것이다.

"……!?"

영미의 오빠 정영국은 영미 본래의 얼굴을 바라보고 두 눈은 반짝이고 있었다.

"하하…… 변장을 한 것은 알았지만, 이렇게 나와 판박인 줄은 몰랐구나. 하하……."

정영국이 큰 소리로 웃었다.

"오빠아……!"

영미는 두 눈에 눈물을 흘리며 오빠 가슴으로 파고들었다.

정영국 역시 눈물을 흘리며 영미를 두 손으로 꼭 안았다.

"어떻게 된 거야? 오빠가 죽은 줄 알았는데……?"

오랜 시간 서로 부둥켜안고 울기만 하던 두 남매는 정신을 차리고.

영미가 먼저 질문을 던졌다.

"토목담향 그년이 무황단을 뺏기 위해 우리 부모님을 죽이고 나를 납치했단다. 그리고 나에게서 무황단을 뺏고 이 지옥애로 던져 버렸지. 다행히 난 무황단 제조법은 품속에 깊이 감추고 있어서 뺏기지 않았고. 구사일생으로 살아남은 난 이곳에 무황단을 만들 약초가 충분하다는 것을 알고 무황단을 만들어 먹으며 공력을 키워왔다. 불행히도 지옥애에 떨어지며 다친 허리로 인해 일어설 수 없는 몸이 됐지만, 이젠 마음대로 날 수 있어서 그나마 불편함은 덜었단다."

정영국이 대충 그동안 일을 설명했다.

영미도 자신이 살아온 이야기를 대충 오빠에게 했다.

오빠 정영국이 허리를 못 쓰는 몸이란 사실을 알고 영미는 다시 슬픔의 눈물을 흘렸다.

"하하…… 너무 그런 슬픈 표정은 짓지 말라. 내가 공중에서 자유자재로 날 수 있으니. 앉아서 다닌들 무슨 상관이냐? 그나저나 네 이야기를 들으니 토목담향이 지구로 내려가 있었단 말인데. 이해가 안 가는 것이 우주선을 타고 간 것은 어쩌고 우주선이 없어서 지구에서 그 오랜 시간을 보냈느냐 하는 것이야. 정인균도 그렇고."

정영국이 영미의 그동안 이야기를 듣고서 나름대로 생각한 것을 털어놓았다.

"그것은 들은 이야기인데 토목담향이 정인균을 구하려고 지구로 내려갔는데, 토목담향이 타고 간 우주선을 무인 조종으로 다시 백타성으로 돌아오게 한 사람이 심효주라고 생사인 정실부인이라고 언젠가 들었던 기억이 나."

영미가 말했다.

"하하…… 그렇다면 결국은 정인균이나 토목담향 모두 지구로 추방되었던 것이군. 하하……."

정영국이 재미있다는 표정으로 웃었다.

"이제 하루만 더 지나면 그들이 백타성으로 온다고?"

정영국이 영미에게 물었다.

"그래! 그들을 여기서 죽여야지. 천국성으로 가게 놔두면 일은 더욱 어려워져."

영미가 걱정스러운 표정을 지었다.

자신이 그들 둘을 상대하기란 너무도 벅차기 때문이다.

"하하…… 걱정마라! 오빠가 싸우는 것은 못 해도 너에게 그 힘은 줄 수 있다. 무황단보다 더욱 강력한 체력을 너에게 주마!"

정영국이 호탕하게 웃었다.

"무슨? 내 몸은 사람이 체력을 주입하기엔 이미 너무도 많은 체력을 갖고 있어서."

영미는 기화이초나 약품이 아니면 체력증진이 불가능하다는 것을 말하고 있는 것이다.

"하하…… 그건 조잡한 체력을 소유한 사람들 이야기지. 자, 내 체력을 한번 보거라!"

정영국이 팔뚝을 걷고 영미에게 내밀며 말했다.

"……!"

영미는 마지못해 오빠의 팔뚝을 잡고 체력 깊이를 알아보려고 했다.

그런데,

"엥! 있는 것 같으면서도 없고. 없는 것 같으면서도 많은 것 같고."

영미가 모르겠다는 듯 고개를 좌우로 흔들었다.

"있는 것 같으면 얼마나 있는 것 같아?"

정영국이 빙긋이 미소를 지으며 물었다.

"흠……! 있다면 그 끝이 안 보일 정도인데."

영미가 반짝 두 눈에 이채를 띠며 오빠를 바라보았다.

"맞다! 10여 년간 매일 밥처럼 먹은 무황단. 그 한 알이면 1천 년 이상 체력이 오른다 하던가?"

정영국이 영미에게 물었다.

"약효에 따라 1,500~2,000년이라고 하던데!"

영미가 호기심을 갖고 오빠를 빤히 쳐다보며 말했다.

"그래! 다 필요 없고! 한 알에 1,000년씩이라 해도 내가 먹은 무황단은 무려 4,000여 개. 그럼, 체력이 얼마겠어?"

정영국이 마치 문제를 내듯 영미에게 물었다.

"우아! 설마. 그것이 전부 체력으로?"

영미가 되물었다.

"아니 아마도 10분지 일 정도만 체력이 됐을 거야!"

정영국이 빙그레 미소를 지었다.

"10분지 일이라 해도 400개의 무황단. 40만?"

영미가 놀랍다는 표정으로 오빠에게 물었다.

정영국은 고개를 끄떡거렸다.

영미는 오빠를 바라보며 뭐라 할 말을 잊고 있었다.

그 말이 사실이라면,

이건 인간이 아니다.

걸어 다니는 내공 아니 체력의 보고.

"참! 나와 같이 떨어진 애들은?"

오빠를 만난 기분에 잊고 있었던 선녀와 자하경은이 이제야 생각난 영미.

"하하…… 아마도 불고기가 안 되려고 버둥거리며 매달려 있을 걸……!"

정영국이 호탕하게 웃었다.

"켁!"

영미가 놀라며 동굴 밖으로 달려 나갔다.

"이모!"

높은 나뭇가지에 걸려있는 자하경은이 영미를 발견하고 울먹이는 목소리로 불렀다.

"켁……!"

영미가 자하경은을 발견하고 얼른 공중으로 날아서 자하경은과 선녀를 양쪽 옆구리에 끼고 땅으로 내려왔다.

"이모! 이모가 늘 갖고 다니던 그 사각 쇠붙이 있잖아?"

자하경은이 영미에게 말했다.

동굴로 내려져 조금은 정신을 수습하고 난 직후였다.

"응! 그래!"

영미가 대답했다.

"그거 별로 중요한 것 아니지?"

자하경은이 다시 물었다.

"왜?"

영미가 반문했다.

"저기 솥 같이 생긴 곳에서 벌겋게 되어 있던데!"

자하경은이 말했다.

"뭐라고? 녹거나 타지도 않고 그냥 벌겋게만 돼 있다고?"

정영국이 화들짝 놀라며 자하경은에게 물었다.

"응! 외삼촌!"

자하경은이 대답했다.

"허……! 어디 봐야겠다."

정영국이 공중으로 날아서 가마솥 같은 거대한 돌솥 위로 날아갔다.

영미도 따라서 날아갔다.

"저, 저건!"

영미가 사각 쇠붙이가 벌겋게 되어 있는 것을 발견하고 놀랍다는 표정으로 말했다.

"그래! 저 용광로는 뭐든 다 태우는 곳이지. 그래서 수백 수천 년 이곳 지옥애로 떨어진 짐승이며 사람은 물론 바위도 흙도 남기지 않고 다 태워버렸어. 그 덕에 난 무황단을 쉽게 만들 수 있었지만. 그런데, 타지 않는 것이 있다. 그렇다면!"

정영국이 뭔가 생각난 듯 두 눈을 반짝 빛냈다.

백타성으로 향하는 우주선 안.

토목담향이 안절부절못하고 왔다 갔다 하면서 뭔가 불안한 표정이었다.

"아, 그만 앉아요! 전설은 그냥 전설일 뿐이야!"

정인균이 토목담향에게 소리를 꽥 질렀다.

"전설이란 것도 때론 현실로 돌아오는 것이에요! 지옥애에 그 용광로가 있다는 것을 왜 몰랐을까."

토목담향이 정인균을 원망스러운 눈초리로 바라보았다.

"아! 나야 전설을 믿지 않으니깐 말하지 않은 것뿐이에요."

정인균이 변명을 늘어놓았다.

"전설은 바로 그 용광로 솥에서 전설의 무기 천뢰가 태어난다 하였어요. 근데 왜 하필이면 그들을 체슈틴이 지옥애로 던졌느냐, 이거에요. 왠지 불안해요. 뭔가 불길한 느낌. 이게 뭐죠?"

토목담향이 흔들리는 눈빛으로 정인균을 바라보며 말했다.

몹시 불안한 모습이다.

"정 그러면 이제 우리를 공격할 적도 없으니 호위를 하는 부하들에게 지옥애로 가보라고 하는 게 어때요?"

정인균이 말했다.

"그래야겠어요."

토목담향이 좋은 생각이라는 듯 손뼉을 치며 일어섰다.

지옥애.

"저건……! 바로 전설의 천뢰가 태어나는 순간이다! 조금만 기다리면 완성될 것이다!"

정영국이 떨리는 소리로 말했다.

"응! 나도 들었어! 저렇게 천뢰가 태어날 때, 뭐가 들어가야 된다고 했는데……."

영미가 뭔가 생각이 안 나는 듯 고개를 갸우뚱했다.

"전설로 만들어지는 것은 하늘이 알아서 하는 것이니 잠시 기다려
보자!"

정영국이 영미를 데리고 다시 동굴로 돌아왔다.

캬악.

우렁찬 소리가 들리며 온통 하늘이 까맣게 변했다.

크고 검은 새.

흑염조.

검은 불로 이루어진 새라 하여 붙여진 이름.

거의 멸종된 희귀한 새다.

흑염조가 지옥애 하늘 위를 빙빙 돌더니 쏜살같이 바닥으로 내려
왔다.

순간,

푸르르.

지옥애는 검은 연기가 자욱하게 퍼졌다.

매캐한 냄새가 숨을 쉬지 못할 정도로.

지옥애는 앞을 분간하기 어려운 연기로 가득했다.

지옥애 숲들이 흑염조의 강한 화력 앞에 재가 된 것이다.

캬아악!

흑염조는 거대한 가마솥 같은 용광로 속으로 들어갔다.

파지직.

뭔가 타는 소리가 들리며

흑염조도 용광로도 불덩어리로 변했다.

휘잉.

번쩍.

강한 불빛이 지옥애를 환하게 비추는가 싶더니,

용광로도 흑염조도 온데간데없이 사라지고 그 자리에 밝은 광채를 빛내는 검이 한 자루 남아 있었다.

검은 땅에 살짝 꽂힌 체 비스듬히 서 있었다.

"됐다! 천뢰가 태어났다!"

정영국이 기쁨의 탄성을 질렀다.

"오빠!"

영미도 신비한 천뢰의 탄생에 놀라운 표정으로 오빠를 불렀다.

"어서! 네가 저 검을 취해라!"

정영국이 말했다.

"오빠가……!"

영미가 정영국에게 검을 취하라고 말하려다가 참았다.

정영국이 걷기도 어려운 상태란 것을 잠시 잊었던 것이다.

영미는 천천히 걸어가서 천뢰 손잡이를 잡았다.

사라라랑.

순식간에 찬란하던 빛은 사라지고

천뢰는 영미의 손에서 차츰 투명하게 변하더니 모습까지 사라져 버렸다.

악마의 출현

"허! 역시 네가 천뢰의 주인이구나!"

정영국이 감탄하며 말했다.

"이제부터 넌 정인균과 토목담향을 처치해야 한다. 이 애들은 나머지 잔당들을 제거하는 데 도움이 되도록 내가 체력을 증진시켜 주겠다."

정영국이 말을 마치고 선녀와 자하경은에게 턱으로 따라오라는 시능을 했다.

"우선 이모부터."

자하경은이 영미부터 내공을 올려줘야 하지 않느냐고 말하는 것이었다.

"됐다! 이미 천뢰를 취했으니 체력은 더 이상 필요하지 않는다. 저 아인 이제 천하무적이다. 천뢰란 전설의 무기로 알려져 있지만 실은 과학의 집대성이란다. 발명왕과 박유혁이란 사람이 공동으로 개발해서 완성을 시키려는 순간 생사인 부인 심효주가 천뢰를 만들 그 쇠붙이를 빼돌려 숨겼기 때문에 만들 수가 없었던 것이지."

정영국이 말했다.

"네에?"

자하경은이 반신반의하는 표정으로 물었다.

"사실이야. 삼란성의 친구 박유혁에게 들은 이야기가 있어."

영미가 말했다.

"그깟 쇠붙이 그냥 구하면 되지."

자하경은이 말했다.

"우주에서 겨우 하나 구한 쇠붙이야. 지 가나낱 용방노를 만드는 사람은 발명왕이고 그 쇠붙이를 구한 사람은 박유혁이야. 헌데 잠깐 방심한 사이에 잃어버린 것이지. 그래서 전설의 무기라고 소문만 난 것이고."

정영국이 말했다.

"그럼! 빛의 무기와는 어떤 차이가?"

자하경은이 호기심 어린 눈으로 정영국을 보며 물었다.

"천뢰는 오직 인조인간과 생사인 제자 토목담향과 야두리혁에게만 적용되는 무기란다."

정영국이 말했다.

백타성으로 향하는 우주선.

"뭐라고? 그래서?"

토목담향이 누군가와 통화를 하면서 놀라 소리쳤다.

"뭐? 흑염조가 지옥애로 내려갔고. 지옥애에서 연기가 자욱했다고? 이, 이런!"

토목담향이 전화기를 들고 바닥에 털썩 주저앉았다.

"그게 무슨 말이에요? 흑염조가 지옥애로 내려갔고 연기가 자욱했다면! 전설의 무기 천뢰가 태어났다는 증거인데."

정인균이 중얼거리듯 더듬더듬 말했다.

"이제 어떻게요? 백타성으로 간다는 것은 우린 죽으러 가는 것인데."

토목담향이 말했다.

"아무리 전설의 무기가 태어났다 해도 우리가 쉽게 죽기야 하겠소?"

정인균이 말했다.

"모르는 소리 마세요. 천뢰를 들면 천하무적이 돼요. 특히 당신과 나에겐 가장 무서운 공포가 되겠지요. 절대 상대가 되질 못해요. 아마도 우리 아이들 역시 모두 제거되는 데 채 하루가 걸리지 않을 거예요."

토목담향이 공포에 질린 표정으로 말했다.

"어떻게 그렇게 잘 알고 있소? 천뢰에 대하여?"

정인균이 토목담향을 의아한 표정으로 바라보며 물었다.

"당신 사부 바로 생사인 그이가 늘 말했어요. 절대 천뢰를 든 자와 대적하지 말라고. 대적하는 순간 재가 될 것이라고. 또한 인공적으로 만든 육체에겐 상대적으로 더욱 강력한 무기가 천뢰라고."

토목담향이 말했다.

"사부님이…. 흠! 그럼 이제 어쩝니까?"

정인균이 이젠 토목담향의 말을 믿을 수 있다는 표정이다.

그만큼 비록 배신은 했지만 생사인에 말은 무조건 믿을 수 있는 정인균이다.

사부였던 생사인.

정인균은 아직도 그를 존경하고 두려워했다.

"이제 이 우주선을 돌려야죠. 절대 백타성으로 갈 수는 없어요."

토목담향이 눈알을 이리저리 굴리며 말했다.

뭔가 열심히 출구를 찾는 모습이다.

"아! 그렇지! 우리가 다시 지구로 갈 것이라고는 생각도 못 할 것이야! 다시 지구로 돌아가야 해요!"

토목담향이 말했다.

"뭐라고요? 그 지긋지긋한 지구로 다시 간다고요?"

정인균이 놀라 소리쳤다.

"그래요! 우리가 살길은 지구밖에 없어요!"

토목담향이 말했다.

"얼른 체슈틴에게 연락해서 우주선을 지구로 돌려야 해요."

토목담향이 즉시 폰을 들고 연락을 하기 시작했다.

"그래도 다행인 것은 이젠 우주선이 우리에게 있으니 언제라도 올 수는 있겠군요."

정인균이 그나마 다행이라는 듯 말했다.

"왜! 제가 지구에서 50여 년을 갇혀 살아야 한 줄 아시면서."

토목담향이 정인균을 안타깝게 바라보며 말했다.

"그렇다면?"

정인균이 뭔가 깨닫고 물었다.

"그래요! 50년 전에도 심효주에게 쫓겨 지구로 도망치면서 내 위치를 숨기려고 우주선을 폭파해 버렸어요. 지금도 우린 그래야 해요. 기다리면 다시 기회는 올 거예요."

토목담향이 애처롭게 중얼거리듯 말했다.

"아……! 이럴 수가! 백 년 만에 탈출한 지구로 다시 가야하다니……."

정인균의 탄식이 들려오고

백타성으로 향하던 우주선은 그 방향을 돌려 지구로 돌아가고 말았다.

"

우주는 넓고 넓어서 광속의 10배 속도로 달려도
몇 달은 걸려야 갈 수 있는 별들이 많아.
우리별은 광속으로 25일은 가야 되지.

"

제16장

악마의 최후

츄앙.

지옥애 아래서부터 번개같이 솟아오르는 사람들.

영미를 비롯해서 자하경은, 선녀, 그리고 정영국이다.

"막아라!"

체슈틴이 기다리고 있었다는 듯.

영미 일행의 앞을 막아섰다.

우주 전폭기를 몰고 토목담향과 정인균 호위를 하던 인조인간들도 모두 와서 기다리고 있었다.

이미 토목담향으로부터 명을 받은 그들이기에 죽음을 불사하고 영미의 발걸음을 늦추기 위한 행동에 들어간 것이다.

"천지혈해!"

영미의 손에서 천뢰가 긴 포물선을 그리며 한 바퀴 돌자

붉은 노을처럼 온통 하늘이 붉게 물들며 막아서는 인조인간들을 휩쓸었다.

푸시시.

마치 지푸라기가 불에 탄 듯.

작은 연기를 남긴 체 인소인간들은 재가 되어 흩어져 버렸나.

"헉! 스승님의 말씀보다 몇십 배는 강하다!"

체슈틴은 단 한 번에 20여 명의 인조인간들이 재가 되어 흩어지는

장면을 바라보며 부르르 몸을 떨었다.

"제2조 막아라!"

뒤로 500여 미터 도망친 체슈틴이 다시 인조인간들에게 명령을 내렸다.

30여 명 인조인간들이 하늘을 날아 영미를 덮쳐갔다.

"천지수!"

영미의 고함 소리가 들리며 천뢰가 다시 한 바퀴 회전을 했다.

초록색 원형이 점점 커지며 온통 하늘을 초록빛으로 물들였다.

주르르.

30여 명 인조인간들은 마치 액즙을 남기듯 한줄기 물이 되어 땅으로 떨어졌다.

"윽!"

체슈틴도 그 여파에 심한 상처를 입고 비틀거리며 뒤로 물러났다.

"넌 마음이 착해지는 약을 복용해서 착해진 줄 알았는데?"

멀리서 영미가 체슈틴에게 물었다.

"호호…… 내가 그런 약물 따위로 나를 어쩔 수 있다 보느냐? 너를 죽이기 위해 끝까지 감추고 있었을 뿐이다!"

체슈틴이 악을 쓰듯 큰 소리로 말했다.

"킥킥…… 그랬어! 네가 바로 정인균의 제2살수였어. 강철과 같이."

영미가 이제야 뭔가 알았다는 듯 생글생글 웃었다.

"호호…… 이제야 눈치를 챘구나! 자! 오너라! 같이 죽어주마!"

체슈틴이 두 팔을 벌리고 큰 소리로 외쳤다.

"……!"

영미는 체슈틴을 바라보다가 깜짝 놀라서 잠시 동작을 멈추고 앞을 바라보았다.

체슈틴 주위로 수많은 소녀들이 나타난 것이다.

요정국 소녀들이다.

소녀들은 최신 무기로 무장을 하고 있었다.

바로 파괴의 무기인 전파총이다.

체슈틴을 제거하기 위하여 요정들까지 죽일 수는 없다.

영미는 잠시 생각을 굴리고 있었다.

무조건 천뢰를 휘두르면 체슈틴은 당장 죽일 수는 있겠지만,

요정국 소녀들까지 모조리 죽게 될 것이다.

"……!"

생각을 굴리던 영미는 뭔가 좋은 생각이 난 듯 두 눈에 이채를 띠었다.

"체슈틴!"

영미가 갑자기 체슈틴을 조용히 불렀다.

"왜?"

체슈틴이 물었다.

"토목담향이 정인균과 함께 지구에 갇혀 있었는데 그 기간이 50년은 됐다고 들었다."

영미가 말했다.

"그래! 맞다! 50년 전이었지. 그런데 그건 왜?"

체슈틴이 물었다.

"그런데 이상하단 말이야! 체슈틴은 이제 20세 정도인데 어떻게 토목담향 부하가 됐지?"

영미가 물었다.

"호호…… 그거야 내가 변장을 해서 그렇지!"

체슈틴이 자랑스럽게 대답했다.

"변장? 그럼 진짜 체슈틴이 아니란 말이냐?"

영미가 물었다.

"멍청하긴! 당연한 걸 왜 묻느냐? 내 나이 이제 73이다. 체슈틴은 이미 5년 전에 내 손에 죽었다."

체슈틴이 손으로 얼굴을 문지르자 머리가 허연 노인이 나타났다.

"킥킥……! 보았느냐?"

영미가 갑자기 생글생글 웃으며 큰 소리로 물었다.

체슈틴으로 변장했던 노인에게 묻는 것은 아니었다.

바로 요정 소녀들에게 묻는 것이다.

"너희들 공주는 저자 손에 죽었다. 그래도 저자를 위해 죽을 것이냐? 어서 뒤로 물러서라!"

영미가 외쳤다.

체슈틴으로 변장했던 노인은 순간 아차 했지만,

이미 때는 늦었다.

요정들이 뒤로 물러나는 순간.

영미의 천뢰의 강력한 힘이 번개같이 노인을 쓸고 있었기 때문이다.

크아악.

노인은 비명을 터뜨리며 다리부터 차츰차츰 재가 되어 흩어져 버렸다.

미처 뒤로 물러나지 못한 요정들 몇 명도 같이 재가 되어 버렸다.

누런색 호박 보석으로 만들어진 탁자를 가운데 두고

양옆으로 영미와 자하경은, 선녀, 정영국이 나란히 앉았고

맞은편으론 혜리쮸를 비롯해서 혜리향, 혜리피민, 체슈링이 앉아있었다.

영미는 귀여운 아기를 안고 있었다. 혜리향이 돌보고 있던 영미의 아기라고나 할까. 성군과 성녀의 쌍둥이 아들 중 동생. 이제 제법 천국성 말을 하나씩 하고 있었다.

"엄마! 엄마!"

아기는 영미를 엄마라고 불렀다.

"큰일이다. 백타성으로 오던 우주선이 갑자기 행방을 감췄다."

혜리피민이 방금 보고를 받은 듯 영미에게 말했다.

"백타성으로 오던 우주선이 갑자기 행방이 묘연하다니 그게 무슨 말이야?"

영미가 혜리피민에게 물었다.

"우리 백타성 방위군 비행물체 추적기를 다 동원해도 찾을 수가 없었어."

혜리피민이 대답했다.

"그럴 리가? 우리 독문 우주선은 그리 빠르지도 않고 어디에 있든 위치를 파악할 수 있게 되어 있는데."

자하경은이 말했다.

"아마도 우리 요정국 특수 방어기구를 사용한 것 같습니다."

요정국왕 체슈링이 말했다.

"특수 방어기구라 하심은?"

영미가 물었다.

"우주선에 뿌리면 모든 빛을 차단하고 전파를 차단하므로 추적을

할 수 없게 됩니다."

체슈링이 말했다.

"그런 방어기구라면 천국성에도 있는데요."

영미가 말했다.

"저희들 요정국 것은 우주 공간에서 사용할 수 있게 만들어져 있습니다. 백타성이나 천국성 것은 대부분 공항에 내려서 그 방어기구를 사용할 수 있지만, 저희들 것은 우주 공간에서 밖에다 터뜨리기만 해도 우주선 외각을 도포할 수 있게 제작된 것입니다."

체슈링이 말했다.

"그런 일이……!"

영미가 난감한 표정을 지었다.

"그렇다면! 어디로 향하고 있을 것 같나요?"

선녀가 불쑥 질문을 했다.

"내 생각으론 말이다. 음……! 만약에 내가 그들이라면 지구로 돌아갈 것이다."

정영국이 말했다.

"말도 안 돼! 그들이 죽도록 탈출을 하려고 애쓰던 지구로 돌아간다고?"

영미가 말했다.

"네가 그렇게 생각하니깐."

정영국이 말했다.

"내가 그렇게 생각하니까……! 그들이 지구로 간다? 킥킥…… 오빠 생각이 맞아! 아마도 그럴 것이야. 그들이 지구로 가면 다시는 그들을 찾을 수 없게 돼."

영미가 말했다.

"다시 못 찾다니?"

헤리피민이 물었다.

"지구 인구가 너무 많아서 그들을 찾는다는 것은 불가능해."

영미가 말했다.

"몇 명이나 되는데?"

헤리피민이 물었다.

"80억."

영미가 말했다.

"켁!"

헤리피민이 사레까지 걸리며 놀라고 있었다.

"그 작은 별에 무슨 인구가 그렇게 많아!"

헤리향도 놀라기는 마찬가지였다.

"작기는. 백타성보단 배는 큰데."

헤리쮸가 말했다.

"일단 천국성으로 돌아가서 만약을 대비시키고 지구로 정인균과 토목담향을 쫓아갈 겁니다."

영미가 말했다.

"잘 생각하셨습니다!"

체슈링이 말했다.

지구로 향하는 우주선.

토목담향과 정인균이 앞에 무릎을 꿇고 있는 심우석과 심정균(정미담과 벽화이도의 변장한 모습)에게 뭔가 지시를 하고 있었다.

"이제부터 우주선을 자동 조종이 아닌 수동 조종으로 전환할 것이다."

토목담향이 말했다.

"너는 조종실에 가서 이 우주선을 대왕성으로 향하도록!"

정인균이 심우석으로 변장한 정미담에게 말했다.

"너는 방어 약품을 매일 하나씩 사용하도록 하고."

토목담향이 심정균으로 변장한 벽화이도에게 말했다.

심우석과 심정균은 감히 이유를 달지 못하고 바로 조종실과 부조종실로 들어갔다.

"체슈틴 마지막 보고를 보면 분명 영미가 살아있다고 했어요. 그렇다면 분명 곧 우리의 행적을 눈치 채고 쫓아올 거예요. 우린 잠시 대왕성에서 머물다가 10일 후 지구로 갈 거예요. 그래야 영미 그 애가 우리가 지구로 향하지 않았다고. 다른 곳을 찾으러 돌아갈 것이에요."

토목담향이 말했다.

"역시 당신 머리는 좋소!"

정인균이 토목담향을 추켜세워 줬다.

조종실로 들어온 정미담은 손가락으로 글씨를 써서 옆 부조종실에 앉은 벽화이도에게 의사를 전달했다.

우주선 행방을 감추는 방어 약품을 30분씩 늦춰서 사용해.
알았어.

부디 그 30분 동안 우리 우주선 행방이 언니에게 노출되기를
바라야지.

영미님이 살아 있다니 꼭 찾아올 거야.

정미담과 벽화이도는 말을 하지 못하고 그렇게 손으로 의사를 전달
하고 있었다.

말을 하다가는 토목담향과 정인균이 작은 소리라도 다 듣기 때문이다.

정미담과 벽화이도는 영미와 연락을 할 수 있는 통신 수단도 없었다.

있다 해도 사용하는 즉시 토목담향과 정인균에게 노출되기 때문에
위험하다.

"잡혔습니다!"

자하경은에게 독문으로부터 날아온 전화 한 통.

"독문 우주선이 지금 대왕성으로 향하고 있습니다!"

자하경은은 전화를 받고 곧바로 영미에게 그 사실을 알려줬다.

"킥킥…… 정인균과 토목담향의 생명력도 이젠 끝날 때가 된 모양이
군! 나를 속이려고 잠시 대왕성으로 향한 어설픈 계교가 그들의 죽음
을 맞게 될 것이다!"

영미가 생글생글 웃었다.

"이모를 속이려고 계교를 부리다니?"

자하경은이 의아한 표정으로 물었다.

"내가 지구로 그들이 도망칠 것을 생각해서 지구로 쫓아올 것을 대
비하고 대왕성에서 잠시 숨어 있다가 시구로 살 생각이었을 것이야."

영미가 정인균과 토목담향의 속셈을 훤히 꿰뚫고 있었다.

"지금부터 이 사실은 너와 나 단둘만 알고 있어야 한다. 우린 지구

로 정인균과 토목담향을 추적하러 떠나는 것이다. 알겠지?"

영미가 자하경은에게 말했다.

만약에 적의 첩자가 있을지 모를 상황에 대비를 하는 것이다.

자하경은이 그것을 모를 리 없었다.

자하경은은 대답을 환한 미소로 대신했다.

"우린 정인균과 토목담향을 쫓아 지구로 갈 것입니다! 여러분께선 만약을 대비하여 천국성과 백타성을 지켜주시길 바랍니다!"

영미가 체슈링과 헤리쮸, 헤리향 등에게 그렇게 말을 하고 곧바로 우주선을 타고 우주 공간으로 날아갔다. 영미와 자하경은, 선녀. 이렇게 3명을 태운 우주선은 순식간에 대왕성 근처까지 이동을 하였다.

"저기! 독문 우주선이 있어요."

선녀가 제일 먼저 발견하고 소리쳤다.

독문 우주선은 큰 강가에 백사장 위에 세워져 있었다.

영미가 허공에서 우주선 밖으로 나와서 천천히 허공을 날아 독문 우주선을 향해 다가갔다.

자하경은과 선녀는 우주선의 방어 태세를 강화하고 허공에 머물러 있었다.

영미는 독문 우주선 근처에 내려선 다음 투시경을 이용해서 우주선 안쪽을 살폈다.

"헉!"

독문 우주선 안쪽을 살피던 영미는 깜짝 놀라고 있었다.

정미담과 벽화이도가 꽁꽁 묶여있는 모습이 보였고

정인균과 토목담향 모습은 보이지 않았다.

허공에 머물러 있던 최첨단 우주선.

"저건 함정 같은데…… 영미님이 위험해 보이는데……."

선녀가 뭔가 눈치를 챈 듯 아래를 내려다보며 걱정스러운 듯 말했다.

"함정이라고? 어떤?"

자하경은이 물었다.

"벽화이도와 정미담을 미끼로 영미님을 죽이려고 함정을 설치한 것 같아요."

선녀가 말했다.

"무슨?"

자하경은이 놀라서 되물었다.

"아마도 우주선을 폭파시킬 모양이네요!"

선녀가 말했다.

"이, 이런!"

자하경은이 영미가 걱정돼서 그대로 있을 수 없는 모양이다.

우주선 문을 열고 허공을 날아 영미에게 빠르게 다가갔다.

"이모!"

큰 소리로 외치며 영미에게 다가간 자하경은.

"너! 우주선은 어쩌고?"

영미가 화들짝 놀라서 자하경은을 보고 소리쳤다.

"서, 선녀가……!"

자하경은도 대답을 하면서도 뭔가 잘못됐다는 것을 느꼈다.

허공을 쳐다보던 영미와 자하경은은 볼 수 있었다.

징인교과 도목팀항이 허공에서 우주선에 탑승하고 순식간에 사라져버린 것을.

"이, 이런!"

영미가 기막히다는 표정을 지었다.

"이모……!"

자화경은이 어쩔 줄 몰라서 안절부절못하면서 영미 눈치를 살폈다.

"선녀 저것이 정인균의 제3의 첩자였던 것이야! 대충 눈치는 채고 있었는데, 우주선을 나오다니. 제길, 이제 어쩐다."

영미는 정인균과 토목담향에게 당했다는 것이 너무도 쓰라렸다.

그렇다고 자하경은을 나무랄 수도 없었다.

자하경은이 풀이 죽어서 고개를 푹 숙이고 있기 때문이다.

"자! 이러고 있을 시간이 없어! 우선 정미담과 벽화이도부터 구하자!"

영미는 자하경은의 어깨를 손바닥으로 툭 치며 말했다.

여전히 고개를 숙이고 울고 있는 자하경은.

영미는 그런 자하경은을 두 손으로 포근히 감싸주었다.

"하하하……."

영미의 우주선을 뺏은 정인균과 토목담향은 우주선 안에서 통쾌하게 웃고 있었다.

"이제 어디로 가나요?"

선녀가 정인균에게 물었다.

"생각 같아서는 천국성으로 돌아가고 싶지만 백타성 우주 방위군이 우리를 그냥 놔둘 리 없으니 일단 지구로 가자!"

정인균이 말했다.

"제가 그동안 이 우주선 운전을 배우긴 했는데요. 이건 거의 자동으로 운행되고 있어서요. 제가 수동으로 강제 방향을 수정해도 영미의 명을 받으면 다시 돌아갑니다. 그 시간이 불과 30분 정도. 3회 연속으로 강제 운행을 하면 강제 운행이 저절로 중지되므로 1시간 30분만 강제로 갈 수 있습니다."

선녀가 말했다.

"그, 그럼?"

토목담향이 물었다.

"지구까지는 겨우 갈 수 있습니다."

선녀가 말했다.

"그럼? 우리가 지구에서 내리면, 이 우주선은 다시 영미에게로 돌아간단 말이지?"

정인균이 물었다.

"네! 그래요."

선녀가 대답했다.

"그렇다면 우주선이 영미에게 돌아가지 못하게 폭파해야겠다."

정인균이 말했다.

"어떻게요?"

선녀가 물었다.

"뭐, 폭파할 폭탄. 그런 것도 없나?"

정인균이 물었다.

"네! 그런 건 없는데요. 1시간 반 동안 편히 쉬시고요. 기구를 닦아 드릴 터이니 벗으세요. 오랫동안 신고 다녀서 냄새나요."

선녀가 말했다.

정인균과 도목담향은 하늘을 날 수 있는 기구를 벗어 선녀에게 줬다. 그리고 선녀가 탄 우주선 안에 뭔가 움직이는 물체가 하나 있었다. 여인이다.

2033년 지구 이야기

"대한민국의 공영 방송국입니다. 오늘은 지구인으로서는 처음으로 우주여행을 하고 돌아온 탐정 w와 그의 일행을 만나 인터뷰를 생방송으로 하겠습니다. 전 세계가 주목하는 탐정 w는 전 세계인이 가고 싶은 곳 1위 천국성을 다녀온 행복한 지구인이며 한국인입니다."

아나운서가 말을 마치고 수민이를 바라보았다.

"안녕하십니까? 탐정 w라는 안수민입니다. 저는 스승님이신 정영미 님의 명으로 한 가지 일을 해결하기 위해 천국성에 3개월 전에 가서 스승님의 명을 수행하고 방금 돌아왔습니다."

수민이가 인사를 했다.

"스승님이시라면 지구인이 여신이라 부르는 영미님이시지요?"

아나운서가 확인하듯 질문을 했다.

"네! 그렇습니다."

수민이가 간단히 대답했다.

"어떻게 여신님을 스승으로 모시게 됐나요?"

아나운서가 다시 질문을 했다.

"너무 존경하고 감히 쳐다보지도 못하는 분이신데 다행히 그분께서 먼저 제자로 삼겠다고 말씀해주셔서……"

수민이가 말끝을 흐리며 잠시 울먹였다.

"탐정 w. 피도 눈물도 없다는 탐정께서 감정이 복받치나 봅니다. 그럼 잠시 탐정 w는 쉴 시간을 주고 그 옆에 계신 나이 많은 탐정 w 친구분과 이야기를 나누도록 하겠습니다. 자신을 소개 좀 해 주십시오."

아나운서가 수민이 옆에 있는 장국영을 보고 말했다.

"장국영이라 합니다. 내세울 것은 없지만 보영금융을 운영하시던 분이 아버님이십니다. 제가 친구 따라 천국성에 다녀온 3개월 동안 무슨 일이 있으셨는지 아버님은 돌아가셨고요. 저는 아버지 임종도 지키지 못한 불효를 하고 말았습니다. 해서 아버지께서 운영하시던 보영금융 전 재산을 사회에 헌납하고 다시 친구 따라 천국성으로 이사를 가려고 합니다."

장국영이 길게 인사를 했다.

"허! 보영금융이라면 대한민국의 지하경제에 가장 큰손으로 아는데 그 많은 재산을 사회에 헌납하신다고요? 그리고 천국성으로 아주 이주하신다고요?"

아나운서가 다시 질문을 했다.

"저희 아버님의 재산은 여기 이 친구 돈보다 많지 않습니다. 이 친구는 그 많은 돈을 다 친구에게 주고 천국성으로 이주한답니다."

국영이 수민이를 가리키며 말했다.

"정말이십니까? 정말 탐정 w님의 재산이 더 많습니까?"

아나운서가 수민이에게 물었다.

"당연하죠. 100조가 넘는데."

국영이 수민이를 보며 수민이 대신 대답했다.

"100조요? 그 많은 돈을 어떤 친구에게 줬다는 겁니까? 하하……
저도 좀 생각해주시지."

아나운서가 농담을 했다.

"이번에 함께 천국성에 나녀온 친구입니다. 그 친구는 지구에서 살겠다 하여 전 재산을 그에게 줬습니다."

수민이가 입가에 미소를 지으며 말했다.

"혹시 좋아하는 남자 친구입니까?"

아나운서가 다시 질문을 했다.

"남자가 아니라 아주 예쁜 소녀랍니다."

국영이 얼른 대신 답했다.

"우주여행을 하며 어느 별에 착륙했었다면서요? 황금으로 이루어진 별이라 들었습니다. 혹시 사진이라도 찍으셨으면 보여줄 수 있나요?"

아나운서가 호기심이 가득한 표정으로 질문을 했다.

"여기 있습니다."

국영이 사진을 아나운서에게 넘겨줬다.

즉시 사진은 TV 화면을 타고 전 세계로 전파됐다. 완전 황금 덩어리가 가득한 별의 모습이 사진으로 나갔다.

"천국성에서 찍은 사진은 혹시 없나요?"

아나운서가 다시 국영에게 질문을 했다.

"천국성의 대부분 돌덩어리들은 다이몬드로 돼 있답니다."

이번엔 수민이가 사진을 아나운서에게 넘겼다.

다이아몬드 가득한 별천지의 사진이 다시 전 세계로 방송되고 시청률 95%라는 신기록을 세우며 전 세계인을 열광하게 만들었다.

"이번에 저희들이 타고 갈 우주선은 저희 말고 3명을 더 태울 수 있습니다. 해서 그 3명을 공개 모집하려고 합니다. 전 세계인을 상대로 공개 모집합니다. 그 모집 대상은……."

"잠깐만요."

수민이 야기를 중간 끊고 아나운서가 말을 이어갔다.

"말을 잘하는 아나운서는 모집하지 않나요?"

아나운서 말에 모두들 미소를 지었다.

"그 모집 대상은 가축 분야 1명, 어류 분야 1명, 그리고 노래를 잘하는 분을 꼭 한 분 모시라고 스승님께서 말씀하셨습니다."

수민이가 쑥스러운 듯 말했다.

"가축 분야는 가축을 잘 기르는 분이죠?"

아나운서가 다시 물었다.

"네! 그렇습니다."

수민이가 대답했다.

"어류는 양식을 염두에 두고 말씀하시는 것이고요?"

아나운서가 다시 물었다.

"네! 그렇죠."

수민이가 빙긋 웃으며 말했다.

"헌데 노래를 잘하는 분이라면? 가수를 뽑겠다는 것인가요?"

아나운서가 물었다.

"네! 최고의 가수가 되시면 천국성으로 가실 수 있는 영광을 드리겠답니다. 이는 축제를 만들자는 의미에서 스승님께서 제안을 하신 겁니다."

수민이가 대답했다.

"허면? 그 가수 축제를 본 방송국에서 방송하면 어떨까요?"

아나운서가 질문을 했다.

"스승님께서 꼭 그렇게 해달라고 하셨습니다. 가축 분야 역시 지원자분들이 많으면 당연히 시험을 치르고 뽑아야 하므로 어류 분야도 그렇고 꼭 방송국에서 밑아 진행해달라고 하셨습니다."

수민이가 말했다.

"알겠습니다. 꼭 그렇게 전달하겠습니다. 이번에 천국성으로 가는 우주선이 두 개라지요?"

아나운서가 다시 물었다.

"네! 스승님께서 탑승하시는 우주선은 최신 우주선이고 속도 역시 상상을 초월하지만 겨우 7인승이라 스승님 지인분들이 함께 가실 것으로 압니다. 저희가 탑승할 우주선은 스승님께서 직접 제작한 20인승 우주선입니다. 속도는 빛의 2.5배 속도라서 스승님보다 이틀 뒤에 천국성에 도착할 것입니다."

수민이가 말했다.

"오우! 빛의 2.5배 속도라. 그럼, 스승님. 아니 여신님께서 탑승하신 우주선의 속도는요?"

아나운서가 놀라는 표정으로 물었다.

"저희 우주선보다 배는 빠릅니다."

수민이가 말했다.

"그럼, 빛의 5배 속도라는 이야기죠? 참 놀랍네요."

아나운서가 말했다.

"최신형 우주선으로 아마 지구보다 1,000년 정도 앞선 문명의 별에서 유명한 과학자분이 만든 우주선입니다. 천국성보다도 500년 앞선 문명의 별이라 들었습니다."

수민이가 말했다.

"혹시 천국성에 스승님 명을 받아 어떤 일을 처리하러 가셨다고 하셨는데 그 일이 어떤 일인지 밝힐 수 있나요?"

아나운서가 물었다.

"네! 지구에서 지구 정복을 꿈꾸던 야두리혁이란 악마가 자기가 똑똑한 줄 알고 자기 스승님 아내와 간통하고 그 여자를 이용하려 했는데 그 여자는 야두리혁을 달콤한 유혹으로 지구로 추방시켰죠. 그 여자는 혼자 천국성을 정복하려는 야망이 있어서 야두리혁과 마찬가지로 인조인간들을 만들었답니다. 해서 그 여자를 찾아 제거하라는 명을 받고 천국성에 비밀리에 들어간 것입니다."

수민이가 간추려 말했다.

"오호! 그래서 그 여자는 제거하셨나요?"

아나운서가 물었다.

"네! 그가 만든 인조인간까지 모두요."

수민이가 어깨를 으쓱하며 말했다.

"대단하십니다. 인조인간이 엄청 무섭던데 탐정 w 능력을 무시하는 것은 아니지만 어떻게 그들을 제거할 수 있었나요?"

아나운서가 의문을 갖고 물었다.

"인조인간은 요물이죠. 그래도 현대 과학을 이길 수는 없죠. 스승님께서 만드신 로봇들이 그들을 제거했답니다."

수민이가 자랑스럽게 말했다.

"로봇이요? 전투 로봇인가요?"

아나운서가 물었다.

"네!"

수민이가 간단히 대답했다.

방송 도중 방송국 서버는 다운됐다. 전 세계에서 가수 도전자, 어류, 가축 도전자들이 너무 몰려서 그렇게 됐다.

"참! 여러분이 탑승할 우주선이 20인승이라고 늘었는데 누가 다 탑승을 하나요? 3명을 공개 모집한다면 17인은 이미 정해졌다는 이야긴데요?"

아나운서가 방송 끝부분에서 질문을 했다.

"3명을 공개 모집하면 그 가족들은요? 해서 당선된 분들은 가족을 2명씩 데리고 탑승할 수 있답니다."

수민이가 빙그레 웃으며 대답했다.

다시 방송국 서버는 다운됐다. 날짜가 급박한 관계로 서둘러 공개 모집은 진행됐다. 신청 기간이 겨우 3일. 전 세계에서 신청 기간 내에 신청한 사람은 무려 1억 8천 명이었다. 방송국은 혼비백산했다. 1년이 걸려도 다 예심도 볼 수 없다는 생각에서였다. 해서 컴퓨터 추첨으로 진행했다. 헌데 야속하게도 대한민국에선 결승에 오른 사람이 하나도 없었다. 또한 최종 3인은 가수 분야 인도의 19세 여학생, 가축 분야 미국의 57세의 남자, 어류 분야 칠레의 31살 남성이 뽑혔다. 그들 나라에선 국가의 축제가 되었고 국가의 호위 아래 당선된 자들과 그의 가족들은 한국으로 왔다. 모두 10명이었다. 인도의 19세 여학생은 어린 남동생과 어머니를 모시고 왔고 미국의 57세 남자가 아내와 두 아들을 데리고 왔다. 칠레의 31살 남자는 아내와 딸을 데리고 왔다. 그들 10명이 대동하고 온 사람 수는 무려 5천만 명이 넘었다. 대한민국은 그야말로 혼잡 그 자체였다.

"언니!"

영미의 긴급한 전화가 지구로 날아갔다.

사녀는 영미의 전화를 받고 지구에 있는 모든 식구들을 소집했다.

"이제부터 1시간 30분이면 영미 우주선이 지구로 온다. 그 우주선이 어느 나라에 도착하는지 그것을 절대 놓치지 말고 추적해라!"

사녀가 모든 식구들을 불러놓고 명을 내렸다.

지구에 있는 청유회 사무실은 분주하게 움직이기 시작했다.

놀라운 것은 대수술을 마친 심정림.

그녀가 침대에서 정신이 들었다는 것이다.

"휴……! 벌써 3번째군!"

심정림은 정신을 차린 뒤 혼잣말처럼 중얼거린 첫 목소리였다.

"뭐가 3번째지?"

소악녀가 물었다.

"헤…… 죽었다가 살아난 것이 3번째예요!"

심정림이 대답했다.

"나타났어요! 영미님 우주선이."

지류단경이 소리쳤다.

"어디로 향하고 있어?"

주주덕하가 물었다.

모두들 우르르 달려와서 지류단경 컴퓨터 그래픽 화면을 바라보고 있었다.

빠르게 이어지던 그래픽 화면 속의 우주선은 어느 순간 획 방향을 바꿔 오던 길을 되돌아가고 말았다.

"어……! 어디지?"

지류단경이 영미의 우주선이 최종적으로 멈칫했던 곳을 가리키며 물었다.

지구에 대해선 길 모르기 때문이나.

"리비아군요!"

민준길이 말했다.

"리비아?"

모두들 의아한 표정으로 민준길을 바라보았다.

"어디라고요?"

저녁 무렵 도착한 영미가 민준길에게 정인균과 토목담향의 위치를 묻고 있었다.

"리비아란 나라인데요. 수단이란 나라와 경계 지역 같습니다."

민준길이 세계지도를 펴놓고 위치를 손가락으로 짚으며 말했다.

"그럼 얼른 쫓아가야죠!"

영미가 서둘러 밖으로 나가려고 했다.

"잠깐만요!"

민준길이 영미 앞을 가로막으며 말했다.

"리비아란 나라는 사회주의 국가로서 아무나 출입을 할 수 있는 곳이 아닙니다. 입국하려면 허가를 받아야 합니다."

민준길이 영미에게 리비아란 나라에 대해서 자세히 설명했다.

"제가 언제 허가받고 이곳엔 왔나요? 우주선으로 가면 됩니다."

영미가 말했다.

우주선을 이용해서 순식간에 빠르게 들키지 않고 들어갈 생각이었다.

"안 됩니다! 이미 우주선에서 정인균과 토목담향이 리비아에 내렸다는 것이 지구의 레이더망에 포착되어 리비아 군대가 수색을 하고 있습니다."

민준길이 말했다.

"이미?"

영미가 모두를 둘러보며 물었다.

"언니!"

심정림이 침대에서 일어나 앉으며 영미를 불렀다.

"정림아!"

영미가 심정림이 살아난 것을 발견하고 반가워 달려가 끌어안았다.

"우린 그냥 기다리면 돼! 리비아 군대가 쫓고 있고 거긴 거대한 사막이야. 아무리 신의 능력을 지닌 그들이라 해도 견디기 힘들 거야."

심정림이 말했다.

"정말?"

영미가 물었다.

"그렇습니다! 사하라 사막은 지구상에서 가장 큰 사막입니다. 물도 없고 모래에 뜨거운 태양만 있죠."

민준길이 대답했다.

"그러니 우린 조금만 여유를 갖고 기다리면서 선녀님에게서 연락이 올 때를 기다리면 돼."

심정림이 말했다.

"선녀? 그 정인균의 제3의 첩자?"

자하경은이 심정림 말에 의문을 갖고 되물었다.

"아마도 이번에 우주선을 탈취한 것은 정미담님과 벽화이도님을 안전하게 구하게 하고 정인균과 토목담향을 사막으로 데려가려는 생각에서 그랬을 거예요."

심정림이 미소를 지으며 말했다.

"무슨 말이야?"

영미가 다시 물었다.

"선녀는 이미 정인균의 사술에서 풀려났어요. 정인균만 모르고 있을 뿐이지. 선녀에게 무슨 생각이 있을 것이니 기다려보세요."

심정림이 말했다.

사하라.

거대한 사막 위로 뜨거운 태양이 내리쬐고 있었다.

헉헉……

비 오듯 땀을 흘리며 비틀비틀 걷고 있는 사람이 있었으니,

정인균 아니 야두리혁과 토목담향 그리고 선녀다.

"헉헉…… 무슨 땅이 이 모양이야. 가도 가도 끝없는 모래뿐이니."

야두리혁이 쓰러질 듯 비틀거리며 투덜투덜하고 있었다.

"물……! 물……! 왜 기구가 하늘을 날지 않는 거야?"

토목담향은 더 비참했다.

거의 바닥을 기어가는 수준이었다.

휘잉…

사하라의 모래바람이 불기 시작했다.

한발 움직이면 이미 모래는 무릎까지 묻히기 시작했고

눈으로 모래가 들어가고 입과 코로 모래가 들어가기 시작하면서 숨까지 쉬기 힘들어졌다.

그런데

저 멀리.

200여 미터 앞에서 걷고 있는 선녀는 비교적 멀쩡했다.

"호호…… 어떠냐? 죽고 싶은 심정이지? 호호호…… 난 이미 모든 준비를 철저히 했지……. 압축시킨 고체 음료수와 태양열을 방지해주는 화장품까지. 호호…… 얼간이들. 같은 자리만 빙빙 돌고 있어도 방향 감각을 모르다니. 더, 더 고생해라. 이 선녀가 너희들을 철저히 고생시키다가 죽여주마."

선녀는 뒤에서 거의 바닥을 기다시피 따라오는 야두리혁과 토목담향을 바라보며 회심의 미소를 지었다.

"야두리혁. 네가 나를 키워주신 아버지를 죽였다는 사실을 내가 모를 줄 알았더냐? 넌 나의 철천지원수다. 영미님 손에 죽게 하기엔 너무 내 한이 깊다. 넌 반드시 내 손에 죽어야 해. 네놈들이 하늘을 날 수 있는 장치 역시 이미 내가 못쓰게 만들었지. 그러나 말이야. 이 선녀님은 영미님이 준 비밀 장치가 있거든. 언제든 난 여길 벗어날 수 있어."

선녀가 두 눈에 원한의 눈물을 보이며 중얼거렸다.

언젠가 천독단주로 변장해서 초가집에서 외팔이를 야두리혁이 죽인 것이다.

그 사실을 선녀는 알고 있었다.

그래서 선녀는 야두리혁과 토목담향을 사하라 사막으로 데려왔다.

길을 인도하면서 늘 같은 자리만 빙빙 돌고 있었다.

벌써

4일째.

야두리혁과 토목담향은 이미 거의 탈신되어 목숨만 붙어 있을 뿐, 어떤 저항도 할 수 없을 정도였다.

크르릉.

하늘에선 리비아 전폭기들이 간혹 나타나서 무차별 공격을 가했다.

리비아 정찰기나 전투기들이 나타나면 무조건 모래 속으로 숨었다.

도저히 피할 힘도,

저항할 힘도 없기 때문이다.

"으아아아. 물……! 물……!"

야두리혁도 바싹 마른 입술을 열고 물을 찾았다.

"사…… 살려줘!"

토목담향의 입에선 목숨을 구걸하는 소리가 나오기 시작했다.

선녀는 이미 그들 시야에서 사라지고 없었다.

이미 모래바람 저편으로 사라진 후였다.

"사, 살려줘! 제발!"

토목담향의 비명이 들리며 꿈틀꿈틀 모래 속에서 기어 나왔다.

"으으으…… 물!"

그 옆에서 야두리혁의 신음소리가 들리며 불쑥 머리가 모래 속에서
튀어나왔다.

데구르르……

모래에서 나온 둘은 모래 언덕 아래로 힘없이 굴러갔다.

"살려줘! 제발……!"

꿈틀꿈틀. 기어가는 야두리혁과 토목담향이 기어들어 가는 목소리
로 힘없이 목숨을 구걸하고 있었다.

"

우리 별에 함께 갈 지구인들을 공개 모집해요.
우주여행도 하고
새로운 우리 별에서 살고 싶은 분들
신청하세요.

"

제17장

어사는 그대가

21일 후,
야두리혁과 토목담향의 시체가 사하라 사막에서 발견됐다.
시체엔 물기가 하나도 없었다.

　"지구에 계신 여러분! 선조님들의 유지를 받들어 암행어사 직무를 다하기 위해 지구로 왔지만, 그 소임을 다하지 못하고 저는 천국성으로 돌아갑니다. 다행히도 지구에도 저보다 지구를 사랑하고 선조님들의 유지를 받들 사람이 있어서 그 친구들에게 21세기 암행어사직을 맡겼습니다. 또한 지구에서 사귄 동생과 동생의 부모님, 동생의 남동생까지. 그리고 제자들도 모두 데리고 저희들 별나라로 가서 살고 싶다고 희망해서 저와 함께 갑니다. 또한 저희 선조님들의 나라 대한민국에 두 가지 물건을 기증하고 갑니다. 하나는 저희별까지 10일이면 올 수 있는 최첨단 우주선입니다. 운행은 오로지 단 한 사람만 가능합니다만, 그 사람이 누군지는 비밀로 하겠습니다. 둘째는 어느 공간 어디로 숨어도 반드시 찾아 저격할 수 있는 전파총입니다. 전파총은 전파를 살상 무기로 이용한 총이며 난 한 넝씩 사람만 성확하게 살상알 수 있는 무기입니다. 만들 수 있는 기술까지 이미 전수해드렸습니다. 잘 보완하면 대량 살상 무기가 될 수도 있으니 유념하시길 바랍니다. 언젠가 다시 지구로 놀러 오겠습니다. 지구의 모든 분들 안녕과 행운을 기원하며……."

영미 옆에는 정유미와 그의 부모, 동생이 함께 서 있었다. 수민이와 하나 그리고 헨리도 같이 있었다. 그리고 또 한 사람. 장국영이 같이 있다는 것이다. 그도 아버지의 그 많은 재산을 사회에 헌납하고 수민이를 따라 별나라로 가는 것이다. 그 모습은 수많은 사람들의 부러움의 대상이 되기도 했다.

영미의 마지막 인사가 전 세계로 퍼져나가고 그날 밤 지구에선 하나의 우주선이 저 우주 속으로 사라졌다. 그리고 전 세계인의 이목과 부러움의 대상인 공개모집에 당첨된 3명과 그의 가족 7명을 태운 우주선이 모든 사람들의 환송을 받으며 천천히 우주로 사라졌다.

허나 지구의 핵무기를 보유한 강대국들은 전파총과 우주선 등 500년 후의 문명을 기증받은 한국을 가만히 놔두지 않았다. 은근히 협박까지 하며 핵무기를 한국으로 정조준하기 시작했다.

전파총의 제작 방법을 요구하며 핵무기로 협박을 노골적으로 했다. 그때, 영미의 모습이 다시 전 세계 전파를 타고 TV 화면에 나타났다.

"안녕하십니까? 한 가지 지구를 위해 지구의 안녕을 바라는 마음에 지구에 있을 때 저는 핵무기와 그 원료까지 먹어 치우는 바이러스를 개발해서 지구에 널리 퍼뜨렸답니다. 해서 현재 지구엔 핵무기도 그 껍질만 있을 뿐 쓸모가 없을 겁니다. 이는 지구의 안전을 바라는 마음에 암행어사로서 그 직무를 수행한 것입니다."

영미의 말 하나하나가 강대국들에겐 충격이었다. 부랴부랴 핵무기 점검을 해본 결과 정말 껍질뿐이었다. 핵무기를 만들 수 있는 재료들까지 다 사라진 것이다.

동해시.

"으앙…… 누님이 가셨다. 우리의 신께서 가셨어."

갈매기파 3명이 술을 마시며 통곡을 하고 있었다.

"이러면 도끼파 애들이 또 우리들을 괴롭힐 텐데. 으앙……."

3명이 통곡을 하고 있을 때, 전화벨이 울렸다.

"어! 이건 누님인데?"

"뭐? 그럴 리가?"

"우주에서 우리에게 인사를 하려나 봐. 얼른 받아봐."

3명은 서로 한마디씩 하며 전화를 받았다.

"야! 졸들. 당장 서울로 튀어와. 아현동 와서 전화해."

전화 속에서 들리는 목소리는 분명 영미 목소리다. 영미는 할 말만 하고 바로 전화를 끊었다.

"와! 누님이 부른다. 가자."

술을 마시며 통곡을 하던 3명은 급하게 밖으로 뛰쳐나가 서울로 향했다.

독도 경비대.

오빈혁은 오늘노 녕미가 선화를 해주실 기나리며 핸느폰만 만시삭거렸다.

영미가 바쁜 일정 때문에 먼저 전화를 하기 전엔 절대 전화를 하지 말라는 당부가 있었고 오민혁은 그 당부를 철저히 지키고 있었다.

"그렇게 그냥 간 거야. 처음부터 특별해 보이긴 했어도 네가 우주에서 온 아이인 줄은 몰랐다. 나도 좀 데리고 가지. 나도 그런 별에 놀러 가고 싶은데."

오민혁은 무척 서운한 마음이 들었다.

오민혁이 다시 핸드폰을 만지작거리고 있을 때 영미에게서 전화가 왔다.

"서울 아현동으로 와서 전화해요."

역시 할 말만 하고 끊었다.

"내일이 제대다. 이제 난 영미를 만나러 간다."

오민혁은 벌떡 일어서서 환호성을 질렀다.

갑자기 대한민국엔 전 세계 대통령들이 우르르 몰려오고 있었다.

그 이유는 영미가 기증한 두 가지 물건 때문이었다.

우주선. 불과 8명이 탈 수 있는 우주선이지만 백타성에서 최신 우주선으로 꼽히는 것이었다. 오로지 어떤 한 사람만 운행을 할 수 있다는 것만 비밀이었다.

전파총. 어느 위치 어디에 숨어도 정확하게 그 목표를 찾아 죽일 수 있는 최첨단 총이었다. 영미는 그 총과 제작 방법까지 대한민국에 기증을 하고 떠났다.

전파총은 오로지 적을 제거하기 위한 저격용 총이었다.

세계 각국 대통령들 관심은 그 두 가지에 있었다.

또한 전 세계 테러 조직과 범죄 조직들은 자신들이 그 제거 목표가 될까 봐 전전긍긍하며 깊이 숨고 말았다.

악마의 출현

특히 테러 조직과 전쟁 중인 나라에서는 서둘러 비행기를 타고 한국으로 왔다.

아현동 p 빌딩 11층.

갈매기파 3명이 급히 문을 열고 들어섰다.

"오셨어요? 잠시 기다리세요."

화사한 봄꽃 같은 향기를 품고 아름다운 여인이 3명을 맞이했다.

어디서 본 듯한 모습.

아, 그러고 보니 천국성 태상어사부에서 역도를 잡으러 다니던 그 인조여성이 아닌가. 3명은 그 아름다움에 정신을 못 차리고 황홀감에 취해서 비틀거렸다.

그들 앞에 따뜻한 커피를 한 잔씩 갖다 주고 여인은 나갔다.

한참 있다가 오민혁이 도착했다.

"어서 오세요. 잠시 기다리세요."

역시 그 여인은 오민혁에게도 커피를 한잔 갖다 주고 나갔다.

다시 20여 분이 지나고 그 여인이 들어왔다.

"어사께서 오십니다."

그 여인이 하는 말이다. 모두 영미가 들어오는 줄 알고 얼른 일어나 문 쪽을 바라보았다.

덜컹.

문이 열리고 들어선 사람은 너무도 아름다운 여인. 바로 선녀였나.

그 뒤를 이어 민준길, 그가 들어왔다. 안흥에서 영미에게 반해서 무작정 상경했던 시골 청년. 그가 선녀와 함께 들어 온 것이다.

"여러분들 잠시 모니터를 봐주세요."

선녀가 리모컨으로 모니터를 켜며 말했다.

모니터 속에선 영미가 말을 전하고 있었다.

"저를 도와주신 여러분! 저는 반드시 돌아가야 하는 직책이 있어서 지구에 남아 있지를 못합니다. 이제부터 지구는 여러분이 지키세요. 21세기에 무슨 암행어사냐고요? 그렇지 않습니다. 지구에는 어렵고 반드시 도움이 필요한 사람들이 있답니다. 해서 여기 선녀라고 하는 친구와 민준길 친구를 여러분이 도와, 우선 대한민국부터 돌며 어려운 분들을 돕는 암행어사직을 수행하시길 바랍니다. 모든 경비는 k 회사에서 지급해드리겠습니다."

k 회사는 경은금융과 벽도전자가 통합해서 만든 회사였고 그 대표가 선녀와 민준길이었다. 사장은 강풍이 그대로 맡았다.

모니터를 끄고 선녀가 말을 했다.

"저와 함께 전국을 돌며 어려운 이웃을 도우라고 영미님께서 지시를 하셨습니다. 이제부터 여러분은 영미님 지시로 k 회사의 정식 직원이 되셨으며 연봉도 1억씩으로 정해서 드리겠습니다. 그럼 21세기 암행어사직을 내일부터 수행해볼까요?"

"네!"

"네! 합시다."

모두 큰 소리로 대답을 했다.

그때,

쾅.

갑자기 문이 열리며 누군가 뛰어 들어왔다.

"나는? 나도 같이 가."

심정림이었다.

"정림씨! 영미님 따라 안 가셨어요?"

선녀가 의문을 품고 물었다.

"여기 내 부모님들과 언니 무덤이 있는데 어딜 가요. 저도 지구를 지켜야죠."

심정림이 말을 하는데 민준길이 정림을 보고 넋이 나간 모습이다.

"하! 저렇게 예쁜 여인이 있었다니."

민준길의 마음은 온통 심정림 매력에 퐁당 빠지고 말았다.

덜컹 다시 문이 열리고 남자 하나가 들어왔다.

"k 소프트 장 사장님."

선녀가 들어선 남자를 알아보고 반가워했다.

"안녕하십니까? 장수철입니다. 저도 여러분 가시는 길에 동참하려고 합니다."

사실 장수철에게도 영미가 전화를 해서 부탁을 했던 것이다.

"잘됐네요. 그럼, 이제부터 두 팀으로 나눠서 시작하죠. 1팀은 저와 장 사장님. 그리고 오민혁님이 같이 가시고. 아까부터 지대한 관심을 보이는 민준길님은 심정림씨와 저기 3분과 같이 동행하시죠."

선녀가 말을 마치자 모두 동의하는 표정들이다.

"그런데 아직도 하늘을 날고 그럴 수 있는 것이지요?"

장수철이 선녀를 바라보며 묻는다.

"네! 그럼요. 영미님께서 최신 제품으로 바꿔 주셨고요. 경진이라는 보물노 세세 주셨어요."

선녀가 자랑스럽게 말했다.

"그럼 우리 정림씨는요?"

민준길이 물었다.

"쳇. 우리 정림씨."

선녀가 입을 삐쭉거렸다.

"저는 영미님이 만든 최신 방어복과 무기를 받았어요. 저희 이모님들이 주신 제품들도 많아요."

심정림이 말했다.

그랬다. 심정림을 살리고 소악녀와 대마인은 심정림에게 자신들의 모든 것을 다 물려줬다. 영미는 자신이 만든 최신 방어복을 심정림에게 줬다. 주면서 영미가 한마디 했다.

"아마 무체라는 보물보다 나쁘지 않을 거야. 이름은 조카가 지어."

영미의 말은 사실이었다. 심정림에게 준 영미의 방어복은 영미와 자하경은이 심혈을 기울여 만든 걸작이었다.

"그래서 영미님이 준 방어복 이름을 영미님 미와 경은님 은을 합쳐 미은이라고 지었어."

심정림 말을 듣고 모두 호기심에 심정림을 바라본다.

"응. 물에서도 자유롭고 불에서도 방어가 되고 무엇보다 마음으로 날 수도 있고 어떤 무기로도 내 몸을 방어할 수 있어."

심정림이 설명을 했다.

"물속에서 자유롭다는 것은?"

선녀가 물었다.

"물속에서도 숨을 쉴 수가 있고 자유롭게 그리고 빠르게 이동도 가능해."

심정림이 말했다.

"햐! 경진보다 우수하다. 아니 무체보다 좋은 것 같아."

선녀가 부러운 듯 말했다.

"영미님이 곧 과학문 문주가 된다고 취임식 때문에 서둘러 가셨어."

심정림의 말에 모두 고개를 갸웃거렸다.

"아! 모르는구나. 영미님은 천국성에서 가장 높은 태상감찰어사고 무문의 문주, 의문의 문주, 독문의 태상문주, 농업문의 문주직을 갖고 계시는데 과학문까지 영미님을 문주로 추대했대. 우리나라로 말하면 무문의 문주는 국방장관, 의문의 문주는 의사들의 대장이고 독문의 문주는 음…… 독을 연구하는 집단의 대장, 농업문은 농림부장관, 과학문은 과학부장관이라고 할까. 아무튼 그런 자리야."

"허! 그렇게 많은 자리를 영미님 혼자 감당해요?"

장수철이 묻는다. 장수철로서는 이해가 안 되는 직책인 것이다.

"아직 모르셨군요? 장 사장님은 아이큐가 얼마세요?"

느닷없이 심정림이 아이큐를 묻는다.

"저…… 저는 155입니다만?"

"그러니 이해가 안 가시죠. 영미님은 아이큐가 1,350이랍니다."

심정림 말에 모두들 놀랍다는 반응이다.

"더 놀라운 것은 해마다 늘어나고 있어요. 작년엔 1,280에서 올해는 1,350. 내년쯤이면 1,600이 넘을걸요. 무공이란 게 말이죠. 일반인들은 못 배우는 이유가 아이큐가 낮은 이유예요. 아이큐가 최소 200은 돼야 무공이란 걸 할 수 있어요. 거기다가 모든 혈 자리가 다 막힌 곳이 없으면 더 잘 배우고요. 아마 선녀님도 200은 넘을걸요."

사기 날이 맞지 않느냐는 뜻이 심정림이 선녀를 바라본다.

"네, 맞는 말이에요. 지구에서도 수 천 년 전엔 사람들이 몸도 마음도 맑아서 아이큐도 높아 무공을 배우곤 했는데, 요즘은 사람들이 이

익을 탐하고 욕망과 술과 약에 취해서 아이큐들이 낮아져서 무공을 못 배우는 것이지요. 저도 230은 됩니다. 정림씨는 아마 300은 될 거예요."

선녀가 심정림을 바라보았다. 심정림은 선녀 말이 맞는다는 듯 고개를 끄덕였다.

그런 선녀와 정림을 바라보는 사람들은 그저 놀라고 있을 뿐이다.

"햐! 이걸 믿어야 할까. 그래도 꽤나 높다고 자부하던 내 아이큐가 그냥 하찮은 것일 줄은. 하하…… 아무튼 새로운 눈을 뜬 것 같습니다. 이곳에 동행하기로 마음먹길 잘했네요."

장수철은 호탕하게 웃었다.

"자, 난 마패를 들고, 정림씨는 교지를 들고. 이제부터 우린 21세기 암행어사다. 마패를 든 나의 팀은 마팀. 교지를 든 정림씨 팀은 교팀. 이렇게 우린 어려운 이웃을 도우려 출발한다. 출발!"

선녀가 외쳤다.

"어딘가에서 또 한 가지 반찬만 드시는 어르신이 계시다면 그분도 자신이 드신 반찬을 손자 손녀들이 더러워하는 눈치가 한 번쯤 있어서 그러시는 것이 아닌가 생각해 볼 필요가 있을 것이야. 그런 문제를 우리가 걸어가며 하나씩 찾아 해결해야지. 자, 모두 출발!"

심정림이 말했다.

"맞아. 어딘가에서 사랑하던 여인을 버리고 돈 많은 여자 따라가는 못된 놈이 있으면 우리가 혼내 줘야지."

다시 선녀가 말했다.

"어라! 그리고 보니 정림씨가 혹시 영미님이 변장하신 것 아니에요? 꼭 영미님 말투 같아. 이상해."

민준길이 고개를 갸웃 거리며 말했다.

"응. 나도 그렇게 생각했어. 혹시 아니지? 영미님이야?"

선녀도 심정림을 보며 고개를 갸웃거렸다.

"킥…… 킥…… 영미님은 지구에서 동생을 데리고 간다고 제주도로 가셨는데 알고 보니 여고생 한 명과 그의 부모, 그리고 남동생까지 데리고 천국성으로 가셨다고 하네요. 정유미라던가 사람들이 많이들 부러워하던데…. 그 자리에 자기가 있었으면 하는 사람들이 대부분이었고 어떤 사람들은 그 자리를 바꿀 수만 있다면 자기 전 재산을 다 주고 바꾸겠다고 했답니다. 호호…… 누가 누구면 어때요. 우린 우리 할 일을 하러 어서 가자고요. 출발."

심정림이 킥킥 웃는 모습까지 영미를 닮았다.

"이상해. 이상해……!"

선녀는 고개를 갸웃거리며 먼저 밖으로 나갔다.

"자, 우리도 출발."

모두 외치며 밖으로 나갔다.

"켁, 퉤. 바다로 떨어져 바닷물을 너무 먹었다."

지중해 해안에서 여인 하나가 모래 언덕으로 기어 올라왔다. 간혹 여인 눈이 파랗게 빛났다. 언젠가 선리와 만났던 미미라는 여인이다.

"켁……! 사막이 아닌 곳으로 뛰어내린다는 것이 바닷물로 뛰어내려서… 퉤, 퉤. 여신 어느 빌이시? 다시 지구로 돌아온 것인가. 이제 나의 사부님들도 다 죽었겠지. 호호호…… 야두리혁, 토목담향. 나를 이만큼 키워준 것 감사해야 하나. 그럼 뭐해. 다 죽고 이제 나만 남았는데. 호호…… 이제 내 세상이다. 내 세상이야."

그녀는 통쾌하게 웃고 있었다. 눈에서 파랗게 빛이 쏘아져 근처 바위를 스치는데 바위가 재가 되어 날리고 있었다.

천국성으로 향하는 우주선 안.

"이모! 야두리미미도 죽였어야지. 그걸 왜 살려놔서."

자하경은이 영미를 보며 못마땅하다는 투로 말했다.

"킥…… 킥…… 야두리혁과 토목담향 사이에서 태어난 딸인데 진작 야두리미미는 그들을 스승으로 알아. 별로 대단한 능력도 없고 이름도 그냥 미미로만 알아."

영미가 대수롭지 않다는 투로 대꾸했다.

"언제부터 그 우주선에 있었지?"

자하경은이 혼잣말처럼 묻고 있었다.

"처음부터 사람 눈에 잘 띄지 않는 비영술이란 은둔술로 자신을 감추고 있었어. 내가 가르쳐준 것이지. 아마 선녀도 이미 알고 있었을 거야."

영미가 말했다.

"이모가? 야두리미미를 언제 만났대. 그 애도 제자로 삼은 것은 아니지?"

"아니! 선리를 내 제자로 받아주는 대신 야두리미미를 착한 길로 인도하라고 의뢰를 했어. 선리가 탐정 w, 탐정 x의 사장이잖아. 탐정 a기도 하고."

영미가 생글생글 웃으며 말했다.

"그건 이미 독군에게 들어서 알고 있는데 그래도 그 씨가 어딜 가겠어? 결국 악녀로 자랄 것을."

자하경은은 영 마음이 놓이지 않는 눈치다.

"태생과는 다르지. 환경이 중요한 거야."

영미가 말했다.

"그래, 그건 맞아. 나도 그렇게 태어났으니."

자하경은이 배시시 웃었다.

"선녀도 그렇고 정림씨도 그래. 뭔가 상대가 있어야 흥미가 있지. 아무 적도 없는 곳에서 재미가 있겠어. 그래서 선녀도 야두리미미를 알고 살려 뒀을 거야. 야두리미미만 그걸 모르고 혼자 통쾌하게 웃고 있겠지."

영미가 생글생글 웃으며 말했다.

"아무튼 이모도 그렇고 지구에 남은 두 언니들도 대단해. 그러니까 뭐야? 적수가 없어서 적을 남겨 뒀다, 이거잖아. 참 나."

자하경은이 기막히다는 눈치다.

"맞아! 적수가 없으면 선녀도 정림씨도 너무 심심하잖아. 킥……킥……."

영미가 웃는다.

그때 전화가 왔다.

"오, 헤리피민. 무슨 일이야?"

영미가 반갑게 받았다.

"우주선에 가장 늦게 남은 사람을 우주선 주인으로 정했어."

헤리피민이 말했다.

"우주선에 가장 늦게 남은 사람?"

영미가 고개를 갸웃거리며 물었다.

"누군데?"

헤리피민이 물었다.

"글쎄…… 선녀님일까? 아니면 야두리미미?"

영미가 고개를 갸웃거린다.

"야두리미미는 누구야? 그 우주선에 야두리혁, 토목담향. 둘이 먼저 내리고 그다음 선녀님이 내린 것으로 아는데. 또 있었어?"

헤리피민이 놀라는 목소리로 물었다.

"응. 야두리미미라고 야두리혁 딸."

"악…… 큰일 났다. 그럼 그 우주선을 운행할 수 있는 사람은 오로지 야두리미미 그녀야. 어떡해?"

"무슨 말이야? 변경하면 되지."

"변경 안 돼. 이미 기증받은 곳에서 깊은 장소로 숨겨서 추적이 안 돼. 어디로 숨겼기에 추적이 안 되지?"

헤리피민은 답답하다는 투로 말했다.

"허…… 이건 뭐지. 그럼 야두리미미가 없으면 그 우주선은 운행도 못 한다는 것이잖아. 이것도 운명인가 킥…… 킥……."

영미가 웃었다.

"어떡해?"

자하경은이 안전부절못하며 물었다.

"놔둬. 이젠 선녀와 정림씨가 알아서 잘할 거야. 암, 알아서 잘."

영미는 선녀와 정림을 믿었다. 그 둘의 능력을.

밖으로 나온 선녀가 심정림을 보며 눈웃음을 짓는다.

"선녀님! 우리들 적수는 잘 살았겠죠?"

정림이 물었다.

"다행히 지중해 바다로 떨어졌어요. 잘 살았을 겁니다."

선녀가 배시시 웃으며 말했다.

"어서 커서 우리들 심심한 상대로 자라줘야 할 텐데. 금방 오겠죠?"

정림이 다시 물었다.

"아마도 내년쯤이면 도전해 오지 않을까요."

선녀가 말했다.

"그럼, 내년까지 우린 어사 노릇이나 하러 다닙시다. 우리나라도 여행하다 보면 좋은 곳 많을 겁니다."

정림이 말했다.

"그래요. 우린 적수를 기다리며 암행어사 출두나 하죠."

선녀가 말했다.

"두 분 무슨 말이에요? 적수가 뭐죠?"

장수철이 물었다.

"호호…… 그런 것이 하나 있어요. 자, 이제 출발합시다. 21세기 암행어사여."

"그래요. 자, 출발해요."

"출발!"

선녀와 정림은 출발이라고 목소리만 내고 출발은 하지 않고 누군가 기다리는 눈치다. 그때 그들 앞에 둥근 물체가 나타났다.

"헉! 무상팅쾌."

놀란 외침과 함께 선녀와 정림이 무릎을 꿇었다.

"나는 스승님이 지구의 평화를 지키라는 명을 받고 여러분과 동행하기로 한 지수예요. 일어나세요. 이 패는 스승님이 새로 하나 만들어 제게 주셨어요. 선녀님과 정림님은 많이 바쁘시니 제가 일선에 돌아다니는 역할을 할게요."

한동안 보이지 않던 지수가 나타난 것이다.

"영미님 명도 있었다니깐 우린 그럼 벽도전자와 경은금융을 다시 전 념해서 키울까요? 정림씨?"

선녀가 지수가 이미 나타날 줄 알았다는 표정으로 정림에게 물었다.

"네! 그래요. 지구는 지구인이 지켜야죠. 선녀님과 전 아무튼 지구인은 아니잖아요. 지수님 오기를 기다렸어요. 이미 영미님에게 들었거든요."

정림이 말했다.

"지수님 바보 아니에요? 나 같으면 영미님 따라갔을 텐데. 왜? 안 따라갔어요?"

장수철도 이미 지수에 대해서 들었는지 안타까운 표정으로 지수에게 물었다.

"호호…… 지구 어딘가에 저희 동생이 살아있을지 몰라요. 부모님은 이미 6년 전에 사고로 돌아가셨다고 스승님이 알려줬어요. 동생은 살아있다고, 이름이 장운이라고 하셨어요. 찾아야죠."

지수가 슬픈 표정으로 말했다.

"그럼, 지수님이 21세기 암행어사직으로 딱이네요. 돌아다니며 부모님 산소도 찾으시고, 동생도 찾고. 하하……."

사람들이 모두 이미 알고 있었다는 투로 한마디씩 했다.

"자, 받으세요. 마패와 교지입니다."

악마의 출현

선녀와 정림이 마패와 교지를 지수에게 건넸다. 지수는 말없이 마패와 교지를 받아 주머니에 넣고 앞서 걷기 시작했다.

"이번엔 정말 갑니다."

갈매기파 3명과 오민혁이 지수를 따라 걸어가며 오민혁이 말했다.

"네! 4분이 지수님. 아니, 21세기 암행어사님 잘 보필하세요."

남아 있는 사람들이 다 같이 동시에 말했다.

"알겠습니다."

갈매기파 3명과 오민혁이 동시에 같이 대답하며 차츰 사람들 시야에서 멀어져갔다.

"선녀님!"

정림이 선녀를 불렀다.

"왜요?"

선녀가 입가에 미소를 띠며 물었다.

"저 지수란 분이 정말 그렇게 강해요?"

정림이 물었다.

"영미님 말로는 저와 정림씨 보다 크게 뒤떨어지지 않는다고 하던데요. 거기다가 영미님이 최신 개발한 빛의 무기와 방어복을 장착해서 지구에서는 적이 없다고 보시면 돼요. 야두리미미 역시 적수는 아니고요."

"빛의 무기라. 저도 한번 만져보고 싶어요. 우리 언제 같이 밥이라도 한번 먹어야 되지 않겠어요?"

정림이 아쉽나는 두로 말했다.

"호호…… 정림씨도 저 지수란 분이 맘에 들었군요. 저도 친해지고 싶은 생각이 드네요."

선녀가 말했다.

"21세기 암행어사 직무를 수행하다 힘들면 쉬러 오겠죠. 그럼, 탁 터놓고 우리 친구 합시다."

정림이 말했다.

"암요. 영미님이 만들어 놓은 그 인조미녀를 빼면 지구에서 가장 강한 우리들 아니겠어요. 친구로서 밥 한번 먹어야죠. 호호……."

선녀가 말했다.

"네에? 그럼 두 분도 그 인조미녀들에겐 진다는 말씀이세요?"

민준길이 놀랍다는 투로 물었다.

"호호…… 진다는 것보단 생명이 없는 인조인간이니깐 죽일 수가 없잖아요. 싸워봐야 우리만 다치죠."

정림이 말했다.

"아무튼 우리 지수님 부디 동생도 찾고 영미님 명도 수행하도록 다 같이 응원합시다."

선녀가 말했다.

"악! 지수님과 야두리미미가 만나면 안 되는데."

정림이 뭔가 생각난 듯 말했다.

"왜요?"

장수철이 물었다.

"지수님이 야두리미미에게 빛의 무기를 쓰면 안 되는데."

정림이 다시 말했다.

"호호…… 그럼 운명이겠죠. 우린 적수가 없어지지만, 평화는 일찍 올 것이니까요. 하지만 지수님이 야두리미미를 만날 확률이 얼마나 되겠어요? 지수님은 한국에 있고 야두리미미는 아직 터키에 있는데요."

선녀가 말했다.

"무슨 뜻이에요? 빛의 무기를 쓰면 어찌 되는데요?"

민준길이 의아한 표정으로 물었다.

"빛의 무기는 사람을 살상하는 무기가 아니라 악한 마음을 없애주는 무기라서 착한 사람이 되거든요."

정림이 설명해줬다.

"햐! 그런 무기가. 정말 새로운 무기네요."

장수철이 놀랍다는 반응이다.

"그럼 21세기 암행어사 무기로는 딱이네요. 못된 놈들을 착한 사람으로 만들고 다니면 되니까."

민준길이 말했다.

"암요. 21세기 암행어사 파이팅입니다."

장수철이 한마디 했다.

녹전 그룹은 금융재벌이다. 사채업으로 시작해서 이젠 어엿한 녹전은행과 녹전보험 두 회사를 순수 자기 자본으로 운영하는 알찬 기업이었다.

대표 이사 모해룡, 71세. 그에겐 늦게 낳은 아들 둘이 있었다. 모두영, 26세. 모두철, 24세. 모두영은 어려서부터 공부벌레 소리를 듣던 모범생이었던 반면 모두철은 공부와는 담을 쌓고 못된 아이들과 어울려 다니는 날라리 불량배에 속했다.

녹전 그룹은 모해룡이 자신의 고향 이름을 따서 지은 것이다.

강원도 영월 중동에 속한 마을 이름이다. 고향이라고 아직도 그곳 개울가에 조그만 별장이 있다. 옛집을 리모델링해서 만든 것이다.

아직 휴가철이 이른 6월.

녹전리 길가에 뾰족뾰족 원추리가 가득 자라고 양지바른 산엔 연분홍 진달래꽃이 하늘거리고 피어있는 그날.

동생 모두철이 사악한 음모를 꾸미고 있었다.

"권력은 나누는 것이 아니라고 했다. 금력 역시 나누는 것은 아니다. 형만 없으면 녹전 그룹은 나 혼자 것이 된다. 아버지는 형만 사랑하는데…… 그냥 이렇게 넋 놓고 있다간 녹전 그룹에 내 자리는 없다. 이곳엔 옛날 탄광이 있다. 형은 공부만 하느라 그곳을 모르지만 나는 잘 알지. 한 번 들어가면 길을 잃기 쉽고 어느 한 곳만 막아 놓으면 다시는 나올 수 없는 곳이지. 형에겐 미안하지만, 그곳에서 영원히 밖으로 나오지 말아 줘야겠어."

모두철은 그렇게 사악한 미소를 지으며 형 모두영에게 다가갔다.

"어! 너 어디 나간 줄 알았더니?"

모두철이 방으로 들어오자 책을 읽고 있던 모두영이 반색을 했다. 무료함과 따분함이 밀려오던 참인데 동생이 들어오자 말동무라도 하고 싶었던 것이다.

"흐흐…… 형이 이제 슬슬 따분해질 때도 됐지. 매일 회사 업무에 매달려 바쁘게 살던 형이 벌써 3일이나 이렇게 방에 처박혀 있으니 좀이 쑤실 때도 됐어. 흐흐…… 그래서 말인데…… 오늘 나랑 뒷산에 올라가지 않을래? 가보면 굴이 있는데 그 굴에 신기한 동물들이 산다."

"신기한 동물들?"

모두영이 호기심을 보이자 모두철은 잘됐다 싶어 입에 침을 튀겨가며 형을 유혹하기 시작했다.

"응. 맑은 물이 굴에서 흘러나오는데 그 물에 눈이 없는 물고기며,

악마의 출현

벌레 이런 것들이 살고 하얀 지렁이와 날개 달린 다람쥐, 하얀 박쥐까지도 있어. 핸드폰 들고 가서 사진 찍어오면 형 친구들이 신기하다고 할걸."

"그래? 무료하고 따분했는데 잘됐다. 앞장서라."

모두영이 벌떡 일어났다.

"굴속은 추워. 옷을 따뜻하게 입고 가."

모두철이 옷걸이에 걸린 야전잠바를 내려 형에게 줬다.

"그래, 알았다."

모두영이 얼른 옷을 받아 걸쳐 입고 먼저 밖으로 나갔다.

'형…… 미안해. 아무튼 죽더라도 춥지는 말아야지. 그게 동생의 마지막 호의야.'

모두철은 모두영 뒷모습을 바라보며 그렇게 혼자 중얼거렸다.

그런 동생의 사악함을 모르는 모두영은 뒷산을 오르는 발걸음이 무척 즐거워 보였다.

"여긴 난 처음이지. 공부만 하느라고 이 동네 살면서도 뒷산에 한 번도 오르지 못했어. 그래서 체력이 저질 체력이라고 놀림을 받았지, 뭐야. 하하하……."

"그래, 형은 체력이 약해. 지금도 마찬가지야. 꽤 많이 올라가야 하는데 나보고 업고 가라고 할까 걱정이네. 흐흐……."

모두철이 농담을 하고 있지만 두 눈은 사악하게 움직이며 형 모두영의 모습을 관찰했다. 혹시라도 내려가자고 하면 안 되니까. 어떡하든 단광 굴까지 데리고 가야 하기 때문이다.

"그렇게 멀어?"

모두영이 깜짝 놀라며 되돌아가려는 행동을 취했다.

"아! 아니야. 벌써부터 겁먹긴…… 이 정도도 못 가면 형이라고 부르지도 않는다. 저질 체력을 어떻게 형이라고 불러 이 동생이 체면이 있지."

모두철이 형의 팔을 잡고 당기며 앞서 오르기 시작했다. 모두영은 동생의 힘을 당해내지 못한다. 체력으로 따지면 모두철이 몇 배는 강하다.

"야, 야. 그냥 돌아가면 안 될까? 왠지 가기 싫어졌어."

모두영이 갑자기 멈추며 내려갈 뜻을 밝히자 모두철은 순간 당황했다.

"다 왔어. 조금만 더 가면 되는데…… 기왕 나섰으니 한 번 가보자. 응? 그럼, 형을 존경할게. 앞으로 형을 저질 체력이라고도 하지 않고 또, 형 말도 잘 듣고, 형이 싫어하는 일도 안 하고. 응? 응?"

모두철이 온갖 아양을 다 떨어도 모두영은 왠지 떨떠름한 표정으로 움직이지 않았다. 모두철의 두 눈은 순간 사악하게 변하며 손이 모두영의 등 뒤로 움직여 모두영의 목을 조르려고 했다.

"알았어. 가 보자."

모두영이 마지못해 움직이기 시작하자 모두철의 손은 다시 내려왔다.

'그래, 그래야지. 내가 내 손으로 형을 죽이면 안 되지. 그것만은 안 하게 해줘.'

모두철이 그렇게 혼자 중얼거리며 모두영의 뒤를 따라 산을 오르기 시작했다.

그렇게 한참을 오르니 시커먼 아가리를 벌리고 있는 탄광굴이 나타났다. 미리 준비한 랜턴을 켜서 하나는 모두영에게 주고 모두철도 하나를 들었다.

"여기서부터 조금 들어가면 신기한 동물들이 보이니까 조심해서 들어가."

마치 형을 생각해주는 척하는 말투로 모두영을 안심시키며 모두철이 등을 떠밀 듯 모두영을 동굴 깊은 곳으로 데리고 들어갔다.

"와! 진짜네! 이건 새우가 왜 눈이 없지? 눈이 없는 벌레도 있네."

모두영이 흐르는 물속에서 새우와 벌레를 잡아 핸드폰으로 사진을 찍으며 즐거워했다.

"거 봐. 내가 뭐랬어. 재미있지?"

"그러게 정말 신기하네."

모두영이 그렇게 신비한 세계에 푹 빠져 있는 사이 언제부터인가 동생 모두철의 모습은 사라지고 없었다.

"두철아! 두철아!"

모두영은 동생을 애타게 불렀지만…… 모두철은 끝내 대답이 없었다.

"흐흐흐…… 잘 가, 형. 형이 없어야 내가, 내가……."

두철이 동굴 입구를 막으며 혼자 중얼거리고 있을 때 밝은 빛이 두철이 몸을 비췄다.

"형! 형을 놔두고 나오면 어떡해. 얼른 형을 찾아야지."

두철은 막으려던 입구를 치우고 급히 동굴로 들어갔다.

"호호…… 21세기 암행어사 첫 임무를 영월 녹전리에서 수행했다."

지수가 동굴 입구에 나타나 웃었다.

"정말 신비한 무기네요. 나쁜 마음을 없애주니 얼마나 좋아요."

오민혁이 지수 옆에 붙어서 말했다. 갈매기파 3명은 그런 오민혁이 못마땅해하는 눈치다.

"다음은 어디로 갈 거예요?"

오민혁이 지수에게 물었다.

"호호…… 선리를 만나러 제주도로 갈 겁니다."

지수가 말했다.

"선리요? 그분이 누구세요?"

갈매기파 중 제일 나이가 많은 자가 얼른 물었다.

"저와 같이 영미님 제자가 된 친구입니다. 얼마나 맛있는 김밥을 파나 먹어봐야죠."

지수가 말했다.

헌데……

터키에서 한국으로 오는 비행기에 야두리미미가 정장운과 함께 탑승을 하고 있었다.

"내 친구 선리를 찾아 한국으로 간다. 김밥을 만들어 파는 곳을 찾으면 된다. 선리의 김밥은 최고로 맛있는 집일 것이다."

야두리미미 그녀는 선리의 친구였다.

"장운이 이 녀석은 약속대로 3개월간 가르쳐줬다. 이제 허약하던 녀석이 건강해졌다. 이 녀석을 선리에게 데려다주면 된다. 선리를 만나면 그 사람도 누군지 알겠지."

미미는 선리도 만나고 싶었지만, 무엇보다도 자신보다 아이큐가 높다는 그 사람. 자신에게 투명인간처럼 자신을 감추는 무예를 가르쳐준 그 사람이 궁금해진 것이다. 그래서 서둘러 한국으로 오고 있었다.

"민혁씨! 제주도 협재리에 가서서 흑돈까스좀 드시고 오실 때 사 오세요. s 편의점 옆에 있어요."

선녀는 오민혁에게 심부름을 시키며 특히 편의점을 강조했다.

시를 읊는 소리가 들리는 편의점.

보드랍고 하얀 구름 속에
검은 머리만 내놓고 있는
한라산 치맛자락엔 봄이
연녹색 물감을 드리우고

작은 희고 붉은 꽃잎들이
점점 치장을 시작하는데
하얀 눈보라가 한라산을
다시 깊은 잠에 빠뜨렸다.

눈 이불 속에 쏙 들어가
꽁꽁 숨어버린 한라산은
눈 이불을 녹여 씻어줄
비구름을 기다리는데…….

"젠장. 봄이 왔나 싶어서 옷도 얇게 입고 왔는데 서울보다 제주도가
더 춥다니 이게 말이 돼?"

오민혁은 투덜거리며 길게 늘어선 택시 승객들 뒤에 줄을 섰다.
온몸이 견디기 힘든 추위를 느끼고 떨기 시작할 때
오민혁은 거우 택시를 타고 목적지까지 왔다.
"으악. 눈보라에 날아가겠네. 으이그."
택시에서 내리자마자 비명이 터졌다. 엄청난 눈보라가 오민혁의 몸

우주에서 온 소녀의 21세기 암행어사 ❼

을 떠밀기 시작했다. 택시 문도 닫지 못하고 오민혁의 몸은 몇 걸음 밀려 나갔다. 비틀거리며 다시 걸어가 택시 문을 닫아 주고 눈보라 속을 걷기 시작했다.

"택시 기사님 말을 들을걸. 역시 문을 닫아 버렸어."

오민혁은 눈보라 속에 보이는 건물을 우두커니 서서 지켜보며 투덜거렸다.

"줄을 서서 먹는 맛집이라고 소문이 나서 찾아왔더니 오는 날이 장날이라고 쉬는 날이네. 할 수 없지, 근처에서 오늘 하루는 쉬고 내일 맛보는 수밖에."

투덜거리며 걸음을 옮기던 오민혁은 다시 걸음을 멈추며 어딘가에 눈을 고정했다. 멀리 보이는 어느 건물 앞에 늘어선 차와 사람들이 보였기 때문이다.

"뭐지? 이런 추운 날씨에 사람들이 줄을 서서 기다리다니."

오민혁은 호기심에 그 곳으로 걸음을 옮기기 시작했다.

"여긴 뭘 파는데 줄을 서서 계십니까?"

오민혁은 눈보라 속에 줄을 서 있는 사람들에게 물었다.

"아! 네. 편의점 김밥 사려고 그럽니다."

줄을 서 있던 청년이 말했다.

"네? 편의점 김밥이요?"

오민혁은 어이가 없었다. 겨우 편의점 김밥을 사려고 줄을 서 있다니 오민혁은 그냥 가던 길 가려다가 다시 지나가는 말투로 한마디 더 물어봤다.

"편의점 김밥을 사려고 줄을 서 있다고요? 이 추위에? 맛있어요?"

"네! 엄청 맛있지요. 한 번 들어 보세요."

"하하…… 사서 먹어 봐야 알지요."

줄을 서서 있던 두 사람이 한마디씩 대답을 했다. 오민혁이 보니 줄을 서서 기다리는 사람들이 모두 13명인데 모두 고개를 끄덕이며 두 사람 대답에 동의를 한다는 표정들이었다. 오민혁은 호기심이 생겼다. 슬그머니 줄을 선 사람들의 뒤에 줄을 섰다. 오민혁의 뒤에 두 사람이 더 늘었다.

"이런 이 추위에도 사람이 많네. 우리 몫이 남을까?"

"평소엔 30명도 넘는데 뭘. 오늘은 별로 없는데."

"오늘 이 날씨에 양을 조금 준비했으면?"

"그럴지도. 그럼 헛고생하는 거지."

오민혁이 뒤에 줄을 선 두 사람이 말을 나누고 있었다.

"여기서 파는 김밥이 그렇게 맛있어요? 편의점이면 공장에서 나오는 것 아닌가요?"

오민혁이 뒤에 선 사람에게 조용히 물어봤다.

"아닙니다. 영미라는 아가씨가 만들어다 파는데 정말 맛있거든요."

오민혁이 뒤에 있던 30대 남자가 엄지손가락을 치켜세우며 대답했다.

"네? 영미요? 허……! 같은 이름만 들어도 보고 싶네."

오민혁은 갑자기 영미가 보고 싶어졌다.

"눈보라를 맞으며 추위에 바들바들 옷은 흠뻑 젖어 감기들 걸리겠네요. 한 분씩 들이오세요."

청년이 편의점에서 나와 큰 소리로 말했다.

"뭐야. 기다리며 바들바들 떠는 사람들 놀리는 것도 아니고?"

오민혁이 혼잣말로 투덜거렸다.

"방황시인 벽화이도입니다. 말투가 언제나 시적입니다. 나이는 어리지만 시인이죠. 아는 사람들은 다 이해를 해요."

오민혁의 앞에 있던 사람이 조용히 말했다.

"네? 방황시인? 왜 방황이죠? 그리고 방금 벽화이도라 했나요?"

오민혁이 물었다.

"네 벽화이도 이름이 4글자죠. 방황하고 다니다가 영미에게 잡혀서 영미가 붙여준 별명입니다."

"허……! 벽화이도라 같은 이름이 겹치는군. 신기해. 그러고 보니 선녀님이 갑자기 나보고 제주도 맛집을 찾아가라고 하던 것도 이상하고. 혹시 영미님이 정말 온 것인가."

오민혁은 자신이 영미 생각을 너무 많이 하고 있다는 생각이 들었다. 그래서 같은 이름이라도 이렇게 기대를 갖게 된다고 생각하며 머리를 좌우로 흔들었다. 앞에 선 사람에게 대답을 들으며 고개를 돌려 보니 오민혁 뒤로 벌써 10여명이 더 줄을 서서 있었다. 오민혁은 벌써 추워서 다리가 부들거리며 떨렸다. 이런 추위에 겨우 김밥이나 사려고 이렇게 많은 사람들이 줄을 서 있다니 오민혁은 점점 더 호기심이 생겼다.

"이곳에서 김밥을 팔기 시작한 지 얼마나 됐어요?"

"이제 한 달쯤 됐어요."

오민혁의 물음에 뒤에 선 30대 남자가 대답했다. 오민혁은 무척 놀라고 있었다. 겨우 1개월 정도 됐는데 이렇게 소문이 났다면 뭔가 특별한 맛이 있을 것이라 생각했다.

휘잉.

눈보라는 오민혁의 온몸을 꽁꽁 얼게 만들고 더 이상 서 있기조차 힘들 정도로 지쳐가고 있을 때쯤, 오민혁이 편의점으로 들어갈 수 있었다.

"아, 죄송합니다. 콧물 고드름이 한 뼘은 길어졌는데 야속하게도 오늘 준비한 김밥은 다 떨어졌습니다."

청년이 큰 소리로 말했다.

"제장, 가는 날이 장날이라고."

오민혁이 투덜거리며 돌아서려고 했다.

"손님 딱 1줄 남았는데 가지고 가시겠어요?"

오민혁이 뒤에서 예쁜 목소리가 들렸다. 오민혁은 고개를 얼른 돌려 보았다.

"하……!"

오민혁이 두 눈은 그대로 어느 한 여인에게 머물러 멈춰있었다.

긴 머리를 찰랑거리며 수줍게 서 있는 여인 유난히도 크고 검은 눈동자.

"하…… 완전 내 스타일이다."

오민혁은 속으로 그렇게 외쳤다.

오민혁이 앞에 서 있는 여인은 영미다. 오민혁은 언젠가 학교 친구들에게 했던 말이 문득 떠올랐다.

"난 말이야. 검고 긴 머리를 찰랑거리며 코는 크지도 작지도 않고 적당히 크고 눈은 크고 검은 눈동자를 좋아하고 쌍꺼풀은 없이 살짝 째진 모양이면 최고. 몸매는 역시 마르지도 뚱뚱하지도 않은 적당한 체격에 글래머가 좋아."

오민혁이 학교에서 친구들에게 늘 했던 바로 그 모습 그대로의 여인을 비로소 만난 것이다.

"김밥이 다 떨어지고 딱 한 줄 남았는데 가져가실래요?"

영미가 다시 입가에 미소를 띠며 물었다.

"아! 네! 주세요. 얼마죠?"

오민혁이 정신을 차리며 대답과 동시에 물었다.

"5,000원입니다."

영미가 대답했다.

"허…… 김밥 한 줄에 5,000원. 비싸군요. 서울서도 2,000원이면 되는데."

오민혁이 어이가 없다는 투로 말했다.

"아! 그럼, 다음 손님께 드리고요."

옆에서 청년이 얼른 말했다.

"아, 아닙니다. 주세요."

오민혁이 얼른 지갑에서 돈을 꺼내며 말했다. 영미는 얼른 김밥을 포장해서 오민혁에게 넘겨준다.

"김밥을 너무 조금 만드셨나 봅니다. 벌써 떨어지고요?"

오민혁이 김밥을 받아들며 물었다.

"네! 하루에 200줄만 팝니다. 혼자 만들다 보니 힘들어서요."

영미가 대답했다.

"200줄, 그걸 다 파셨어요? 제가 14번째인데."

오민혁이 영미 얼굴에서 시선을 떼지 못하며 물었다.

"한 분이 보통 20~30줄씩 가지고 가서 그렇습니다."

영미가 자신을 뚫어지게 바라보는 오민혁이 부담스러웠는지 수줍은 표정을 지으며 고개를 돌렸다. 그런 모습이 더욱 오민혁이 가슴을 뛰게 만들었다.

"그렇게 많이 가져가시는 분들은 단체 손님들 대표로 오신 분들이
군요?"

"네! 보통 회사나 관공서에서 대표로 오십니다."

오민혁이 물음에 이번엔 청년이 대답했다.

"여기서 먹고 가도 되죠?"

오민혁이 편의점 구석에 있는 의자와 탁자를 보며 물었다.

"네! 드시고 가셔도 됩니다."

영미가 미소를 지으며 대답했다. 그런 영미의 미소에 오민혁은 온몸
을 지탱할 수도 없을 정도로 가슴이 방망이질을 시작하고 있었다. 오
민혁은 얼른 고개를 돌리고 탁자로 가서 의자를 바로 움직여 놓고 앉
았다.

"……!?"

오민혁은 의자에 앉아 김밥을 먹으려다가 탁자 옆 벽면에 붙은 안내
판을 보며 의문이 생겼다. 안내판에는 이렇게 쓰여 있었다.

* 김밥 재료에 대한 질문은 금지 *

오민혁은 의문을 품고 천천히 김밥을 하나 입으로 넣었다.

"……! 햐……! 어찌 김밥에서 이런 맛이?"

오민혁은 속으로 무척 놀라고 있었다.

"음 이건 분명 고기인데 김밥에 소고기가 들어간 것도 새롭지만 씹
히는 식감이 참 좋다. 헌데…… 아삭거리는 이건 뭘까? 담백한 맛이
나는 이것도 모르겠고. 알 수 있는 것은 단 두 가지다. 묘한 맛이 나

는 소고기와 우엉. 그 외는 모르겠다."

오민혁은 고개를 갸웃하며 다시 김밥 하나를 입에 넣고 천천히 음미하며 씹어보았다. 허나 도무지 재료를 알 수 없었다.

"상큼한 향기를 품은 이것도 식감이 좋고. 이건 어떤 고기 같기도 하고. 요건 또 뭘까? 김밥 하나하나가 다 틀리다. 맛도 재료도. 어째서 이런 맛이?"

오민혁은 김밥 한 줄을 다 먹었으나 자신이 알 수 있는 것은 밥과 우엉, 그리고 소고기라 생각한 것뿐이었다.

"5,000원이 아깝지 않습니다. 참 맛있는 김밥입니다. 잘 먹었습니다."

오민혁은 공손히 인사를 하고 편의점을 나갔다.

"영미와 벽화이도라. 나를 시험하는군. 내가 그렇게 보고 싶어 하는 줄 아나 봐. 영미와 벽화이도. 하하…… 나도 따라간다고 할걸. 보고 싶다. 영미. 보고 싶다……."

오민혁은 계속 편의점을 돌아보며 근처 모텔에 숙소를 정하고 들어갔다.

휘잉.

차가운 바람이 몰아치는 새벽.

오민혁은 편의점 앞에 서 있었다.

"흐흐…… 이게 뭐야. 그렇게 줄 서 있는 사람들을 보고 한마디 했더니 새벽부터 내가 줄을 서 있다니. 그것도 일찍 나온다는 것이 겨우 5번째라. 앞에 있는 분들은 잠도 안 자나?"

투덜거리며 줄을 서 있는 오민혁 뒤로 8명이 더 줄을 섰다. 다행히 간밤에 내복도 사서 입고 오리털 파카도 사서 입어서 오민혁은 새벽 추위를 견딜 수 있었다.

"오늘은 휴일이라 영미님 동생이 나오지?"

앞에 줄을 서서 있는 남자가 그 앞에 있는 사람에게 물었다.

"그럼 자하경은이 나올걸."

그 앞에 남자는 대수롭지 않게 말했지만 오민혁은 크게 놀라고 있었다. 영미에 벽화이도에 자하경은까지. 이건 틀림없는 영미님과 관련 있는 거야, 그렇게 생각한 오민혁은 즉시 선녀에게 전화를 걸었다.

"영미에 벽화이도에 자하경은까지. 정말 영미님과 관련이 있는 곳이라니까요."

오민혁이 선녀에게 열심히 설명을 하고 있었다.

"호호호…… 그래요? 그럼 낮에 다른 곳 맛있는 집도 찾아가 봐요."

선녀는 대수롭지 않은 반응이다.

"무슨 뜻이에요? 선녀님은 알고 있었어요?"

"다른 곳 찾아가 보면 알아요. 호호……."

오민혁은 도무지 선녀의 말을 이해할 수 없었다. 오민혁은 다시 장수철씨에게 전화를 했다.

"하하…… 그거요? 맛있는 식당 주인은 거의 다 영미 이름을 쓰고요. 벽화이도, 자하경은. 그렇게 써요. 음식점만 아니고 백화점과 영화관 병원 간호사, 비행기 승무원 등등. 가장 많이 개명해서 쓰는 이름이 영미와 자하경은이에요. 남자는 거의 다 벽화이도 또는 자율선. 모르셨구나?"

"히…… 그걸 알게 해주려고 여기 제주도까지 갔다 오라고 헌 깃은 아닐 테고? 선녀님이 저를 이곳으로 보낸 이유를 혹시 아세요?"

오민혁은 가장 궁금한 것을 장수철이 대답해 줄 것을 기대하며 물었다.

"다른 맛집은 어제 문을 닫았을 것이고요. 편의점 김밥만 어제 팔았을 겁니다. 선녀님이 미리 1줄 예약했다가 오민혁님 드리라고 부탁을 했고요. 어때요. 맛이 기막히죠?"

장수철이 웃으며 묻는 전화 소리에 오민혁은 선녀의 뜻을 이제야 알 것 같았다. 영미를 못 잊는 오민혁에게 늘 입버릇처럼 자신의 스타일의 여자를 말하는 것을 듣고 오민혁을 이곳으로 보낸 것이다. 정말 오민혁이 좋아할 여자 곁으로. 이름은 영미라고 부르는 그 여자를 선녀는 언제 본 것일까.

"하하…… 그랬군요. 선녀님이 나에게 영미라는 저 아가씨를 소개시켜주려고 한 것이군요."

오민혁이 이제야 알 것 같다는 투로 말했다.

"아닙니다. 선녀님 뜻이 아니고요. 영미님 뜻입니다. 천국성에 바쁜 일이 생겨서 오래도록 올 수 없다 하시며. 자신이 동생으로 삼은 아가씨가 있다고 알려주셨어요. 그 아가씨 본명은 선리입니다. 영미님 두 번째 제자고요."

"네? 제자라고요? 그럼 엄청 강하시겠네요? 지수님처럼?"

"아닙니다. 영미님이 요리만 가르쳐드렸답니다."

"허……! 요리까지. 영미님이 요리도 잘해요?"

"못하시는 것이 어디 있나요. 다 잘하시죠."

장수철의 목소리를 들으며 오민혁은 고개를 끄덕였다.

"맞습니다. 못하는 게 없죠. 우리 영미님은. 보고 싶네요."

"저도요."

장수철과 오민혁의 전화는 그렇게 끝났다.

"21세기 암행어사라고? 저렇게 음식을 잘해서 많은 사람들에게 즐거움을 주는 것도 21세기 암행어사가 아닐까."

오민혁은 그렇게 중얼거리며 김밥을 기다리고 있었다.

그리고 그 새벽 선리를 향해서 야두리미미와 지수가 각각 다른 방향에서 다가오고 있었다.

지구 어딘가에서 어려운 이웃을 돕고 사람들을 즐겁게 하는 사람이 있다면 아마도 그들은 21세기 암행어사가 아닐까?

대망의 장편 소설을 마치며……

상상의 나래를 펼치며 쓴 판타지 소설 21세기 암행어사는 1987년 처음 집필을 해서 1988년 천리안 소설 게시판에 올려놓기 시작했습니다.

허나 청소년들이 주로 이용하는 인터넷에서 이런 고전적인 소설이 인기가 있을 리 없었답니다.

때로는 무슨 이런 소설을 쓰느냐 비아냥거리는 글도 올라오고 누군가 비슷한 내용으로 소설을 쓰기도 했지만, 틈틈이 다른 소설을 쓰며 10여 년 긴 시간 동안 겨우 완성한 소설입니다.

상상의 나래. 그 판타지 소설.
여러분도 상상의 소설 속으로 들어가 보세요.

2022년 12월 3일
저자 진으껌